인생에서

너무 늦은 때란

없습니다

인생에서 너무 늦은 때란 없습니다

모지스 할머니 이야기

애나 메리 로버트슨 모지스
류승경 편역

수오서재

인생에서 너무 늦은 때란 없습니다

1판 1쇄 발행 2017년 12월 16일 **1판 35쇄 발행** 2024년 5월 16일
지은이 애나 메리 로버트슨 모지스 **옮긴이** 류승경
발행처 (주)수오서재 **발행인** 황은희, 장건태
책임편집 마선영 **편집** 최민화, 박세연 **마케팅** 황혜란, 안혜인 **제작** 제이오
주소 경기도 파주시 돌곶이길 170-2 (10883)
등록 2018년 10월 4일(제406-2018-000114호)
전화 031)955-9790 **팩스** 031)946-9796 **전자우편** info@suobooks.com
홈페이지 www.suobooks.com
ISBN 979-11-87498-18-6 03840 책값은 뒤표지에 있습니다.

이 도서의 국립중앙도서관 출판시도서목록(CIP)은 서지정보유통지원시스템 홈페이지(http://seoji.nl.go.kr)와
국가자료공동목록시스템(http://www.nl.go.kr/kolisnet)에서 이용하실 수 있습니다. (CIP제어번호: CIP2017030820)

도서출판 수오서재守吾書齋는 내 마음의 중심을 지키는 책을 펴냅니다.

나는 행복했고, 만족했으며,

이보다 더 좋은 삶을 알지 못합니다.

삶이 내게 준 것들로 나는 최고의 삶을 만들었어요.

결국 삶이란 우리 스스로 만드는 것이니까요.

언제나 그래왔고, 또 언제까지나 그럴 겁니다.

MOSES

차례

무지개(1961년)

MOSES,

퀼트 모임(1950년)

눈 온다, 와 눈이 온다(1951년)

삶으로 들려주는 이야기

100년을 늘 새로운 하루처럼 살다 간, 우리에게 공간적으로나 시간적으로나 먼 곳에 계신 한 할머니의 인생철학이 담긴 글과 그림을 펼쳐보려 합니다. 그녀의 그림을 처음 접한 순간을 잊지 못합니다. 그녀의 그림은 말해주고 있었거든요. 우리 인생은 참 살아볼 만하다고요.

모지스 할머니. 76세에 그림을 그리기 시작해 80세에 개인전을 열고 100세에 세계적인 화가가 된 분이지요. 그녀는 미술을 체계적으로 배운 적이 없습니다. 시골 농장의 아낙으로 열 명의 아이를 낳고 그중 다섯 아이를 병으로 잃고, 버터를 만들고 양초와 설탕을 만들어 살림에 보탬이 되고자 노력했던 바지런한 여인이었습니다. 그녀는 말했습니다.

"내가 만약 그림을 안 그렸다면 아마 닭을 키웠을 거예요. 지금도 닭은 키울 수 있습니다. 나는 절대로 흔들의자에 가만히 앉아 누군가 날 도와주겠거니 기다리고 있진 못해요."

76세가 되던 해, 평소 앓던 류머티즘 관절염으로 인해 도무지 실을 자수 바늘구멍에 맞게 끼울 수가 없었습니다. 그녀는 바늘을 내려놓고 대신 붓을 들어 그림을 그리기 시작했습니다. 그녀는 말합니다.

"정말 하고 싶은 일을 하세요. 신이 기뻐하시며 성공의 문을 열어주실 것입니다. 당신의 나이가 이미 80이라 하더라도요.”

“사람들은 늘 ‘너무 늦었어’라고 말합니다. 하지만 사실은 ‘지금’이 가장 좋은 때입니다.”

“어릴 때부터 늘 그림을 그리고 싶었지만 76살이 되어서야 시작할 수 있었어요. 좋아하는 일을 천천히 하세요. 때로 삶이 재촉하더라도 서두르지 마세요.”

사랑이 넘치는 그림과 함께 들려주는 그녀의 인생 이야기는 우리에게 따뜻한 위로와 용기가 되어줍니다. 이미 너무 늦었다고 좌절하고 초조해하는 우리에게요.

이 작은 책을 통해 자신도 몰랐던 모습을 찾기를 바랍니다. 침착하고 태연하게 매일을 맞이하시길, 불안은 가라앉고 안심은 떠오르는 나날이 되시길, 모지스 할머니의 글과 그림을 실력 없는 솜씨로 전하며 할머니의 영혼이 수많은 이들에게 가 닿기를 바랍니다.

내 삶의 스케치를 매일 조금씩 그려보았습니다.

어린 시절부터 돌아보며 그저 생각나는 대로, 좋은 일, 나쁜 일 모두 썼어요.

살다 보면 좋은 일도 있고 나쁜 일도 있지요.

다 우리가 겪어내야 하는 일들입니다.

창가에서 본 후식 밸리(1946년)

아버지는 말씀하셨죠. 크게 잃는 게 있으면 작게 얻는 것도 있는 법이라고요.

어린 시절

추억과 희망이란 참으로 묘한 것이, 추억은 뒤를 돌아보는 거고 희망은 앞을 내다보는 거지요. 추억은 오늘이고, 희망은 내일입니다. 추억은 머릿속에 기록된 역사이고 또한 화가와도 같아서, 과거와 오늘의 그림을 그립니다.

나의 삶을 회고해달라는 부탁을 받았는데, 나로선 쉽지 않은 일이네요. 어떻게 해야 할지 잘 모르겠어요. 이야기를 참 맛깔나게 잘 하는 사람이 있는가 하면 김빠지게 하는 사람도 있던데, 사람마다 표현하는 방법이 달라서겠지요.

어쨌든 내가 누구고 어떤 사람인지, 여러분께 한번 얘기해보도록 하겠습니다.

나, 애나 메리 로버트슨은, 푸른 초원과 숲에 둘러싸인 워싱턴 카운티의 어느 농장에서 1860년 9월 7일, 스코틀랜드와 아일랜드계 이민자의 후손으로 태어났습니다. 나의 조상들은 1740년에서 1830년 사이 제각기 다른 시기, 뉴욕주 워싱턴 카운티의 남부 인근에 정착했지요.

그곳에서 나는 아버지, 어머니, 형제, 자매들과 함께 생애 첫 열두 해를 보냈습니다. 아무 근심 걱정 없는 행복한 나날들이었어요. 어머니를 돕

할머니의 생가(1959년)

고, 여동생의 요람을 흔들어주고, 어머니에게 바느질을 배우고, 오빠들과 뛰어놀고, 방앗간 연못에 띄울 뗏목을 만들고, 숲속을 돌아다니고, 꽃을 꺾고, 이런저런 공상에 잠기던 시절이었지요. 나는 열 남매 중 한 명으로 태어났고, 내 어머니에겐 형제가 열하나, 할아버지에겐 열다섯, 남편에겐 열둘이 있었습니다.

아버지는 어렸을 때 너무 아무렇게나 지었다며 내 이름을 좋아하지 않았어요. 앤 이모는 날 '애나'로 부르고 싶어 했고 메리 이모는 '메리'로 부르고 싶어 해서, 결국은 두 이름을 합치다 보니 그렇게 된 거였지요. 어머니는 애나 메리라고 부르는 건 괜찮아도 메리 앤이란 이름은 싫다고 했어요. 하지만 아버진 애나 메리라는 이름이 영 못마땅했지요. 예전부터 아버지는 당신 누이의 이름을 따서 날 세라로 부르고 싶어 했거든요. 그런 저런 이유로 여섯 살이 되도록 나는 씨씨[1]라고 불렸어요. 그 무렵 하루는 어떤 남자가 우리 집 마당에 들어와 나와 남동생의 이름을 물었어요. 그래서 내 이름은 씨씨이고 남동생의 이름은 버비[2]라고 대답했지요. 그때까지만 해도 사람의 이름이 얼마나 중요한 건지 잘 몰랐거든요. 그 남자가 한 말을 어머니에게 전했더니 그제야 어머니가 내 이름을 알려주었어요.

보시다시피 그때만 해도 아이들한테 별로 신경을 안 쓰던 시절이었어

1 Sissy. Sister의 준말로 여자 형제에 대한 애칭.

2 Bubby. Brother의 준말로 남자 형제에 대한 애칭.

요. 물론 자식들을 아끼기야 했지만 요즘 같진 않았지요. 그래도 나의 어머니는 방마다 돌아다니며 우리들이 이불을 잘 덮고 자는지 확인한 후에야 잠자리에 들었고 아버지도 항상 여러모로 우릴 챙겨주었어요.

우리 집은 5남 5녀였어요. 레스터가 장남, 호러스가 차남, 그 밑으로 나, 아서 순이었지요. 아서 다음에 터울이 있는 걸 보면 어머니가 아이들 몇을 하늘나라로 떠나보내지 않았을까 하는 생각이 듭니다. 그 뒤로 셀레스티아, 마이애마, 오나, 조가 태어났고, 한동안 뜸하다가 세라와 프레드가 태어났어요. 우리는 한 묶음씩 나왔답니다, 마치 열무 단처럼요. 내가 장녀였어요. 아서가 죽기 전까지 우리는 둘도 없는 친구였는데, 아서가 항상 저만치 먼저 내빼곤 했어요. 나는 엉덩이가 좀 무거운 편이었거든요. 우린 체격이 비슷한 데다, 나이 터울도 많지 않아서 자주 붙어 다녔어요. 얘기도 많이 했고 서로를 이해했어요. 어느 봄날엔 우리 둘이 잔디밭에 앉아서는, 눈앞에 펼쳐진 풍경이 참 아름답다는 얘기를 주고받았던 기억도 납니다. 아서가 "천국만큼 아름답다!"라고 말했어요. 그러고는 "천국 가면 맛있는 걸 많이 먹고 싶어"라고 덧붙였고, 나는 "맛있는 건 없어도 되지만 꽃은 많았으면 좋겠어"라고 말했지요.

내가 요람을 흔들어줘야 할 때가 많았는데, 좋아하는 일이긴 했지만 남자 형제들과 밖에서 노는 게 더 재미있었어요. 주로 넷이 몰려다녔는데, 나는 남자 형제들한테 지고는 못 배겼어요. 레스터가 처마 위로 올라가면 난 지붕 꼭대기로 올라가는 식이었지요. 오빠와 남동생을 이기는 건 내게 자존심이 걸린 문제였으니까요. 그런데 레스터는 수영을 할 수 있고 나는 못 했지 뭐예요! 아버지가 내게 수영을 가르쳐주려 했는데, 아버지가 손을 떼자마자 그만 꼬르륵 가라앉아버리고 말았어요. 아마 내 몸이 어지간히도 무거웠나 봅니다.

농장에 찾아온 이른 봄(1945년)

1863년으로 거슬러 올라가 몇 가지 기억을 더듬어봅니다.

아버지, 어머니가 시내에서 멀리 떨어진 초원의 집에 살던 시절, 아버지는 일요일마다 우리를 데리고 산책을 나갔는데, 날이 좋을 때면 어머니도 같이 걸었어요. 젖먹이 동생은 항상 아버지가 안고 걸었어요. 젖먹이가 늘 하나는 있었으니까요. 놀 데라고는 교회밖에 없었기 때문에 산책은 우리에게 특별한 일이었습니다. 집에 손님이 있는 날이면 다 함께 산책을 나섰어요. 한번은 이모들도 같이 갔는데, 이모들 중 한 명이 참 고운 '자키'를 쓰고 있었지요. 꽃과 리본을 뒤로 늘어뜨린 밀짚모자를 그땐 그렇게들 불렀어요. 그 시절 아가씨들이 쓰고 다니는 알록달록한 모자였어요. 그 모자가 얼마나 갖고 싶었는지 달라고 떼를 썼더니 이모가 모자를 벗어 내 머리에 씌어주었습니다. 거기까진 좋았는데, 그렇게 떼를 쓰면 숙녀가 아니라고 어머니에게 꾸지람을 듣고 말았어요. 그러다가 '자키'를 까맣게 잊어버리고는 오빠들 남동생들과 함께 방앗간 근처에서 뛰어놀았는데, 어느 순간 머리 위에 손을 대어보니 아무것도 없는 거예요. 모자가 날아가서 방앗간 연못에 빠졌을 거라고, 누군가 옆에서 일러주더군요. 너무 속상한 일이었어요. 그때부터 나는 물이 괜히 싫더라고요.

봄이 오면 들판에서 뛰놀며 꽃을 꺾었습니다. 눈 속에서 피어나기도 하는 아르부투스 나무의 꽃을 가장 먼저 꺾었고 그다음엔 복주머니난을, 그다음엔 별을 닮은, 우리가 '핑크'라고 부르던 꽃[3]을 꺾었어요. 꽃들은 빛깔도 다양했는데, 하얀색, 보라색, 짙은 남색 꽃들이 있었고 줄무늬가 있는 꽃도 있었지요.

어머니는 항상 화단을 가꾸었어요. 어느 해 여름에는 존 삼촌이 다니러 와서 화단 가꾸는 일을 돕다가 담배를 심은 적도 있었는데, 담배 농사를 직접 본 건 그때뿐이었어요. 여간 힘든 일이 아니더라고요.

우리는 깨진 거울 한 귀퉁이에 항상 꽃병을 두었습니다. 꽃을 꺾어 집으로 가져오길 좋아했거든요. 결국엔 어머니가 꽃을 내다 버리게 되곤 했지만요. 연영초가 피면 반드시 꺾어왔어요. 그 꽃은 얼마나 곱던지, 팬지꽃을 닮았는데 그것보다 좀 더 앙증맞았고, 푸른빛이 감도는 보라색으로 오랫동안 피어 있었지요.

3 패랭이꽃.

우리 집 뒤뜰(1940년경)

내가 기억하는 첫 추수감사절은 1864년 무렵입니다. 아버지가 부츠를 사러 유니언 빌리지에 갔는데, 간 김에 내가 입을 빨간 드레스도 사주겠다고 했어요. 나는 빨간 드레스를 입을 생각에 하루 종일 얌전하게 굴었어요. 어머니가 시키는 일은 다 했지요. 하지만 촛불을 밝힐 무렵 아버지가 아마亞麻 방앗간 쪽에서 들어오더니, 추수감사절이라 가게들이 문을 닫았다고 하는 거예요.

너무 속이 상했어요. 저녁밥도 넘어가질 않았어요. 어머니는 내가 종일 말을 잘 들었는데 일이 이렇게 돼서 미안하다고, 가게 문이 닫혔을 거란 생각을 미처 못 했다고 했지요. 아버지는 내 머리를 쓰다듬으며 걱정 말라고, 며칠 있다가 센터 케임브리지에 갈 건데 그때 한번 둘러보겠다고 했고 정말 그렇게 했어요.

그런데 아버지가 사 온 드레스는 빨간색이 아니라, 붉은 벽돌색이나 갈색에 가까웠습니다. 나는 무척 실망했지만 아무 말도 하지 않았어요. 결국 내가 생각했던 빨간 드레스는 영영 못 입고 말았지요.

살다 보니, 실망스러운 일이 있더라도 불평하지 말고 지나간 일은 지나간 대로, 그렇게 흘러가도록 내버려두는 것도 좋다는 생각이 듭니다.

하루는 어머니, 리브 이모와 함께 그리니치를 벗어나 이글 브리지 바로 위에 사는 할머니를 만나러 갔어요. 아버지 허락을 받고 어머니가 마차를 몰고 갔는데, 늙고 순한 말이 마차를 끌었지요. 가는 길에 크게 기억에 남는 일은 없었는데 코일라에 이르렀을 때 난생처음으로 소 떼를 보았어요. 그땐 그게 뭔지도 몰랐지요. 소들은 멍에에 한데 묶인 채 풀을 뜯고 있었어요. 풀은 또 얼마나 파릇파릇하게 돋아 있던지. 나는 저 짐승들이 무어냐고, 저것들이 우릴 해칠 수도 있느냐고 꼬치꼬치 캐물었지요. 그때 아마 네 살이나 되었을까요. 그해 봄 처음으로 보는 푸른 잔디여서 나는 신발을 벗고 마차에서 내려 풀밭을 걷고 싶었어요. 내가 그렇게 말했더니 리브 이모가 "아가, 그건 숙녀답지 못해"라고 나무라던 기억이 납니다.

거기서 조금 더 가니 마을에 온통 검은색 리본들이 달려 있는 것을 보았습니다. "아니 이게 무슨 일이라니?" 어머니가 놀라며 했던 말이 생각납니다. 그땐 전쟁 중이었어요. 어머니가 어느 가게 안으로 들어가 무슨 일이냐고 물었어요. 가게 기둥마다 검은 리본이 묶여 있었거든요. 링컨 대통령이 전날 저녁에 총살되었다는 소식을 가게 주인이 전해주었습니다. 그다음으로 내가 기억하는 건 마차로 돌아와 어머니가 리브 이모에게 한 말이었습니다. "아이고, 이제 우리는 어떻게 되는 거지?" 만약 어머니가 그렇게 탄식하지 않았더라면 아마 나는 그날을 기억하지 못했겠지요.

링컨(1957년)

부모님은 매를 드는 건 옳지 않다고 믿었습니다. 한번은 손님이 왔는데, 내가 식탁에 앉는 걸 부모님이 허락하지 않는 거예요. 동생인 아서는 식탁에 앉을 수 있고 나는 못 앉는다니, 심술이 났던 나는 식탁에 앉겠다고 떼를 썼지요. 어머니는 그러면 안 된다고, 숙녀답게 기다리라고 했어요. 나는 서럽게 울기 시작했고, 아버지가 그만 울음을 그치라고 했는데도 있는 대로 악을 쓰며 울었더니, "당장 뚝 그치지 않으면 헛간에 가서 매 맞을 줄 알아!"라고 야단을 쳤어요. 그때 할아버지도 자리에 있었는데, 아주 근엄한 표정으로 이렇게 말했어요. "자고로 아이들은 눈에는 보이되 소리가 들려선 안 돼."

결국 아버지가 일어나 내 팔을 붙잡고 날 헛간으로 데리고 갔어요. 작업실 바닥에는 길고 동그랗게 말린 대팻밥이 수북이 쌓여 있었는데, 아버지는 내 회초리로 쓸 요량으로 그중 하나를 집어 들었지요. 나는 화가 나서 발을 동동 구르며 소리쳤습니다. "그걸로 날 때리면 난 앞으로 계속 아버지를 미워할 거예요!" 떼가 이만저만이 아니었지요. 지금도 눈에 선해요. 그때 날 내려다보던 아버지의 표정을 보았는데, 무척 길었던 수염에 가린 아버지의 입가에 미소가 번져갔지요. 마치, '고 녀석 참'이라고 말하는 것처럼요. 아버지는 날 다시 식탁으로 데려왔고, 누군가가 내 그릇을 식탁 위에 올려주었어요. 아마 다들 식사가 끝난 뒤였던 것 같습니다. 대팻밥은 날 스치지도 않았어요. 대팻밥은 집어 들자마자 부스러지잖아요. 아버지는 그냥 겁을 줄 생각이었을 거예요. 내 기억에 아버지가 내 버르장머리를 고치려고 하셨던 건 그때밖에 없었어요. 날 유난히 귀여워하셨거든요. 아들 셋에 딸은 나 하나였으니까요.

강 건너 할머니 댁으로(1945년)

말굽 박기(1960년)

나는 인형을 가지고 소꿉놀이하는 걸 좋아했습니다. 종이를 오려 인형을 만들었지요. 종이 말곤 마땅한 재료가 없었어요. 근사한 인형들을 여럿 가지고 있었는데, 그 인형에 입힐 드레스들을 만들곤 했지요. 인형 얼굴도 칠했습니다. 어머니는 인디고 염료를 사와 천으로 싸서 청색 표백제로 썼는데, 그 표백제를 가져다가 인형 눈을 칠해 넣었어요. 구할 수 있으면 포도 주스로 입술도 칠해주었어요. 인형들을 한 줄로 세워놓고 어떤 것이 가장 예쁜지 보는 게 내겐 큰 즐거움이었지요. 인형들에게도 코르셋은 반드시 입혀주었어요. 간혹 오빠가 인형을 빼앗아갈 때도 있었는데, 글쎄 갈기갈기 찢어버리기까지 한 적도 있었지 뭐예요. 우리는 티격태격 싸웠어요. 오빠는 아주 얄미운 말만 골라서 했고, 생각해보면 나도 그랬던 것 같아요. 인형들에게 페티코트도 만들어 입혔어요. 젖먹이 동생이 울 때까지 그렇게 시간을 보내다가, 동생이 울면 아래층으로 내려가 요람을 흔들어주며 아기를 돌보았어요. 인형 드레스 밑단에는 너울거리는 주름 장식도 만들었어요. 그땐 그게 유행이었거든요. 가장 예쁜 드레스에는 주름 장식을 세 개나 달았지요. 페티코트 밑단은 어머니의 스커트를 본떠 물결 모양으로 잘랐어요. 색종이 옷을 입은 하얀 인형은 유독 예뻤어요.

운 좋게 색종이를 구하는 날에는 장식도 많이 달 수 있었지요. 아버지가 주황색 봉투를 주실 때도 있었는데, 이도저도 없을 때는 흰 종이나 신문지로만 만들었어요. 한번은 할머니가 얇은 포장용 색지를 내게 주었는데, 초록색, 분홍색 같은 다양한 빛깔들이 있었답니다. 세상에, 그걸 갖고는 얼마나 부자가 된 것 같았는지! 할머니가 그렇게 고마울 수가 없었어요.

어느 해 여름, 소작농 집에 여자아이가 한 명 있었는데, 그 아이와 나는 마당이나 과수원에 집을 지으며 놀았어요. 우선 좋은 자리를 고른 후, 큼지막한 돌 몇 개를 주워와 방을 하나 만들고, 그 방 주위로 돌을 더 쌓아서 방을 서너 개 더 만들었어요. 우리는 각자 집을 한 채씩 지었는데, 서로 조금 다르게 지었어요. 그다음엔 깨진 그릇을 구해 와서 선반이 달린 찬장을 만들고 그 위에 그릇들을 진열해 놓았어요. 상상력을 발휘하면서요. 그러고는 인형을 들고나와 챙 모자를 씌워 서로의 집을 방문했어요.

어머니는 그게 참 쓸데없는 짓이라고 생각했어요. 그 시간에 뜨개질을 하지 그러냐고, 아니면 코바늘뜨기라도 하지 그러냐고. 그런데 난 그러기가 싫었어요. 어머니는 뜨개질을 가르쳐주려 했지만 난 바늘을 제대로 잡지도 못했고 뜨개질을 싫어했어요. 그게 쉽지가 않더라고요. 그런 걸 하고 싶지가 않았어요. 하지만 레이스는 뜰 줄 알았어요. 다양한 패턴을 뜰 줄 알았고 10대가 되어서는 꽤 많이 뜨기도 했지요.

내가 어렸을 때만 해도 사람들은 양말을 사지 않고 집에서 손수 떠서 신었어요. 어머니는 늘 주머니에 뜨개질거리를 넣어서 다녔는데, 속도도 굉장히 빨랐어요. 내가 열두 살인가 열세 살쯤 되었을 때 스토키네트라는 원단이 나왔는데, 양말목의 골진 부분하고 똑같이 생겼어요. 스토키네트는 야드 단위로 끊어서 살 수 있었고 색상도 다양했지요. 그걸 잘라서 발가락 부분만 꿰매면 양말이 되었어요. 어머니는 분홍색, 갈색, 연보라색 스토키네트를 넉넉히 사 왔는데, 여자들은 연보라색 양말을 하나씩은 꼭 갖고 있었지요. 그 뒤로 울 양말이 나왔고 밝은 색상의 양말들도 나왔어요.

후식 강, 여름(1952년)

1867년도에 난생처음 폭풍을 겪었습니다. 그해 여름, 뉴욕주 워싱턴 카운티는 무척 덥고 건조했지요. 우리 집 우물이 말라버리는 바람에 아버지가 깨끗한 식수를 얻을 샘물을 찾아 웅덩이를 세 개나 팠던 일, 울타리를 서성거리며 울어대는 이웃집 가축들을 보고 저러다 목이 말라 죽겠다고 걱정했던 일, 오빠가 이웃집으로 가서 가축들이 먹을 물이 말랐다고 알려주었던 일들이 생각나네요.

어느 일요일, 날이 얼마나 건조하고 더웠는지 연못이 거의 말라버릴 정도였는데, 어머니가 그걸 두 눈으로 직접 보고 싶다고 했어요. 아버지는 어머니가 연못까지 걸어가면 젖먹이 동생을 안고 같이 가겠다고 해서 나는 기분이 좋았어요. 어딜 가든 여럿이 함께 가는 게 좋았으니까요. 방앗간 연못에 가보니, 물이 3분의 1밖에 차지 않았는데 물고기가 바글바글했고 신선한 물이 부족해서 그중 절반이 죽어 있는 거예요. 아버지는 딱한 노릇이라며 비가 오지 않으면 다음 날 물고기들을 꺼내 묻어주어야겠다고 하셨어요. 허연 배를 드러내고 연못가에 누워 있는 물고기들이 지금도 눈에 선합니다.

어쨌건 그렇게 아마 방앗간 쪽으로 계속해서 걷고 있는데, 레스터가 천둥소리를 들었다고 해서 우리는 다시 언덕 쪽으로 발길을 돌려 집으로 향했지요. 언덕에 올라서니 먹구름으로 뒤덮인 북쪽 하늘이 보이더군요. “여기서 한 25킬로미터에서 30킬로미터 거리의 볼드 산 위에 거센 폭풍이 몰아치고 있구나. 이쪽으로 빠르게 다가오고 있어!” 아버지가 말했습니다.

어머니는 창문을 닫기 위해 서둘러 집으로 들어갔고 마리아 이모는 닭장을 걸어 잠그러 갔습니다. 아버지와 일꾼은 헛간을 걸어 잠근 후, 아버지는 서둘러 집으로 들어왔고 일꾼은 헛간에 남겠다고 했어요.

아버지가 집에 발을 들여놓자마자 바람이 몰아치기 시작했어요. 바람에 세게 후려쳐진 나무들은 꼭대기가 땅에 닿도록 휘어져 마당을 말끔히 쓸어버렸지요. 그러더니 억수처럼 비가 퍼붓기 시작했어요. 창문이 깨져서 유리조각이 집 안으로 쏟아져 들어올 것 같았지요. 어머니가 우리에게 창문에서 멀찌감치 떨어져 있으라고 했어요.

아버지는 외투를 벗어 젖먹이 동생 마이애마를 감싸주었습니다. 아버지는 동생을 품에 안고 우리에게 이렇게 말했어요. “집이 무너지면 작은 과수원으로 뛰어가서 나무를 하나씩 붙잡고 얼굴을 바짝 대고 있어라. 어린 나무들은 뿌리가 뽑히지 않을 테니."

얼마 후 빗물이 사방에서 집안으로 들이치기 시작했습니다. 그러나 폭풍은 머지않아 그쳤어요. 아버지 어머니가 물을 쓸어내기 시작했어요. 집 안에 물이 8센티미터 높이까지 찼다고 하더군요.

우리 집 일꾼의 이름은 짐 벅이었는데, 그는 내내 헛간 안에 있었습니다. 마차 안에 들어가 앉아 있었다고 했어요. 그런데 글쎄 비바람이 헛간 문을 열어젖히고는 그가 탄 마차를 진입로 맞은편의 과수원까지 밀어냈다는 거예요!

집 앞 초원을 가로지르는 개울은 강처럼 물이 불어 있었어요. 연못은 둑까지 물이 차올랐고 물고기는 한 마리도 보이지 않았지요.

연못 건너편에는 아름다운 옥수수밭이 있었는데, 폭풍이 휩쓸고 지나가면서 옥수수밭에 도랑을 파놓았어요. 도랑이 어찌나 깊었는지 사람이 말을 타고 도랑을 달리면 그 모습이 보이지 않을 정도였지요. 도랑에서 붉은 흙이 씻겨 나왔어요. 아버지는 베이킹파우더처럼 고운 그 흙을 체로 걸러 헹구어서는 페인트로 썼어요. 헛간 여러 채에 그 흙을 칠했는데 아직도 고스란히 벽에 남아 있습니다. 부식된 철광이 들어간 흙이었거든요.

비는 며칠 동안 계속 내렸고 덕분에 우물과 샘의 물이 차올랐어요. 그때 아버지는 말씀하셨죠. 크게 잃는 게 있으면 작게 얻는 것도 있는 법이라고요.

그날의 그 폭풍이 어린 시절 내가 보았던 가장 무서운 폭풍이었습니다.

폭풍우(1948년)

가족 소풍(1951년)

생일이란 게 있다는 걸 일곱 살 때 처음 알게 되었습니다. 하루는 오빠와 함께 과수원에서 흑벚나무에 올라가 놀고 있었어요. 알맞게 익은 버찌들이 얼마나 맛이 있었는지 그 나무 위에서 살다시피 했지요. 그날도 그렇게 놀고 있었는데 어머니가 집으로 들어오라고 했어요. 아마 동생의 요람을 흔들어야 하나보다 생각했지요. 그런데 어머니가 내게 물었어요. "애나 메리, 네 나이가 몇 살인지 아니?" 나는 나이를 먹는다는 게 무언지도 몰랐고 그런 얘기를 들어본 적도 없었어요. "오늘부로 너는 일곱 살이 되는 거야." 어머니가 말했어요. 어머니는 누구에게나 생일이라는 게 있다고, 그리고 오늘이 바로 내 생일이라고 했어요. "그게 무슨 뜻이에요?" 내가 물었지요. 어머니는 나에게, 그건 내가 이 세상에서 7년을 살았다는 뜻이라고 설명해주었습니다.

내가 아주 어렸을 적, 아버지는 우리에게 흰 종이를 한 장씩 주곤 했어요. 신문에 사용되는 종이였지요. 우리가 그림을 그리면 아버지는 흐뭇해 했어요. 종이 한 장에 1페니밖에 안 드는 데다 사탕보다 오래갔거든요. 레스터는 증기기관차 그리기를 무척 좋아했고, 호러스는 동물을 즐겨 그렸어요. 나는 색이 화려한 그림이 좋았어요. 밑그림을 그린 다음 포도 주스라든가, 딸기라든가, 내가 생각하기에 붉고 예쁜 빛깔이면 뭐든 그림에 칠했지요. 한번은 목수들이 쓰는 빨간색과 파란색 분필을 얻은 적이 있는데 남부러울 것 없는 부자가 된 기분이었어요. 그때만 해도 아이들은 별로 가진 게 없었고, 어쩌다 뭐라도 갖게 되면 감사했지요.

어느 해 겨울, 아버지의 건강이 좋지 않았어요. 폐렴이었어요. 하루는 아버지가 어머니에게, "마가렛, 내가 벽에 그림을 좀 그려보면 어떨까?" 라고 물었어요. 어머니는 깔끔하기만 하면 아무래도 상관없다고 했어요. 그래서 아버지가 방 한구석에 지난봄 조지 호수에서 본 풍경을 그렸어요. 그 그림이 얼마나 예뻤는지 어머니는 좀 더 그려보라고 권했고, 아버지는 집 안 벽 곳곳에 다양한 풍경을 그렸어요. 그 벽지를 오래도록 썼지요. 아버지가 그림을 그릴 때면 우리도 슬쩍 물감을 가져와 뭐라도 그려보려 했는데, 주로 자그마한 풍경 그림들이었어요. 시계 선반 밑에는 네모난 공간이 있었는데 아버지는 마리아 이모에게 그 공간에 그림을 그려도 좋다고 했어요. 그때 이모 나이가 마흔이나 쉰 정도였는데, 나는 이모가 그린 그림이 마음에 들지 않았어요. 내가 그리면 더 잘 그릴 수 있을 것 같았거든요. 그래서 나는 나무토막 위에 그림을 그리기 시작했어요. 이듬해 여름에는 석판이나 유리창 조각을 구해서 거기다가 그림을 그렸고요. 예쁜 그림들이었어요. 그때 오빠들이 나를 놀리곤 했는데, 내가 '예쁜 램스케이프'[4]를 그렸다고 자랑했기 때문이에요. 아버지는 내 그림을 보고는 "잘 그렸네!"라고 말해주곤 했어요. 하지만 어머니는 좀 더 현실적인 분이어서, 내가 그림을 그릴 시간에 다른 일을 해야 한다고 생각했지요.

4 랜드스케이프(landscape, 풍경)의 잘못.

어느 해 겨울, 눈이 꽤 수북이 쌓였는데, 한창 눈이 내릴 때 아버지가 낡고 커다란 빨간 썰매에 말들을 매고 눈밭에 길을 냈습니다. 우리 집은 큰길에서 1킬로미터쯤 떨어진 들판에 있었기 때문에 아버지가 직접 길을 뚫어야 했어요. 아버지가 부엌문까지 썰매를 몰고 오면 우리는 볏짚과 이불을 잔뜩 챙겨 우르르 썰매에 올라타고는 쌩쌩 달려서 큰길에 이르렀고 그다음엔 숲을 가로질렀지요. 썰매를 타고 눈을 맞으며 숲을 누비는 기분은 정말 최고였어요. 참 행복한 시절이었지요.

신나는 썰매 타기(1953년)

눈이 올 만큼 오고 난 뒤 2월이 되면 단풍나무에서 수액을 받아 시럽과 설탕을 넉넉히 만들었습니다. 아이들은 아침 일찍 단풍나무들이 있는 곳으로 달려가 간밤에 쌓인 수액을 한데 모았고, 오후에 한 번, 해 질 녘에 한 번을 더 모았지요. 수액이 녹으면 훨씬 더 빨리 모아졌습니다. 반면 수액이 얼면 녹을 때까지 하루나 이틀을 기다려야 나오는 경우도 있었지요. 끝물로 나오는 수액이 시큼하다 싶으면 하는 수 없이 버려야 했어요. 낮에는 수액을 커다란 솥에 넣고 끓여 3분의 1 정도로 졸였고 밤에는 집 안에서 조리용 난로로 마무리를 했습니다.

숲으로 달려가 수액을 모아 집으로 달려오는 건 아이들에게 큰 즐거움이었어요. 계속 불을 지피는 것도 재미있었고요. 아침이 되면 메밀 팬케이크에 원 없이 시럽을 뿌려 먹었고 저녁에는 뜨끈한 빵에 버터를 바르고 시럽을 뿌려 먹었어요. 거기다가 소귀나무차를 곁들여 마셨는데, 단풍나무 수액에 소귀나무 잎사귀를 넣고 적당히 졸여 만든 차였지요. 크림을 넣어 마시면 아주 맛이 좋았어요. 아버지는 그 차가 피를 맑게 해 몸에 좋다고 말했어요. 향에 익숙해지는 데 시간이 좀 걸리긴 해도 맛을 알고 나면 좋은 차였고, 아버지는 우리가 원하는 만큼 마실 수 있게 해주었지요.

메이플 시럽 파티는 내 다음 세대에 생겨난 것이라 가보진 못했네요. 저 위쪽 버몬트주에선 그게 오랜 풍습이었다지요. 아이들은 그릇에 소복이 눈을 담아 설탕으로 변하기 직전의 시럽을 부은 다음 제각기 사탕을 만들어 먹었어요. 그렇게 실컷 먹었으니 아마 그날 밤엔 달콤한 꿈을 꾸었을 거예요.

시럽 만들기(1955년)

MOSES

썰매 타기(1957년)

MOSES.

농장에서는 늘 한 해 동안 쓸 비누를 한 통씩 미리 만들어두었습니다. 여기저기서 모은 자투리 기름으로 만들었지요. 고기를 굽고 남은 기름도 종이나 천으로 걸러 비누 전용 냄비에 모아두었어요. 봄부터 작업을 시작했는데, 먼저 통에 나무 재를 담고 그 위에 물을 부어 잿물을 내립니다. 통 바닥에 구멍이 뚫려 있었지요. 잿물이 넉넉하게 준비되면 커다란 주전자에 잿물을 부은 다음, 모아둔 자투리 기름을 부어 주전자를 불에 올려놓고 끓입니다. 끓이면서 기름과 물, 잿물의 양을 조절합니다. 기름이 다 용해되면 완성된 비누를 써봅니다. 비누를 한 컵 정도 떠서 물에 타보았을 때 호박 빛깔을 띤 탱글탱글한 젤리 상태가 되면 잘 만들어진 거예요. 그러면 주전자의 비누를 통에 따라냅니다. 비누 만들기는 여자의 일이었어요. 아끼고 또 아끼며 살았던 우린 아무것도 낭비하지 않고 아무것도 버리지 않았지요.

천을 짜고 실을 잣는 일도 내 어머니 세대부터 많이들 했어요. 그것만 해도 손이 워낙 많이 가는 일이라 여자들은 교육을 받을 시간도 없었지요. 양말 뜨기도 여자들 일이었어요. 먼저 양의 등에서 갓 밀어온 양털에서 실을 뽑고 그걸로 천을 짜거나 떠야 했지요. 그리고 남자들은 일명 '소금후추'[5] 슈트를 입었는데, 이 슈트의 원단을 만들려면 양 떼 중에 검은 양 한 마리가 꼭 있어야 했어요. 검은 털실과 흰 털실을 섞어야 하거든요. 이렇게 만든 옷은 평생을 입었지요. 그러다가 내가 좀 더 자랐을 때 사람들이 면이나 울 원단을 비롯한 옷감을 뭐든 살 수 있게 되었어요.

그전에는 지금보다 옷에 풀을 먹이거나 표백하는 일이 많았습니다. 그래야 더 오래 입을 수 있었거든요. 풀을 씻어내면 옷이 깨끗해졌어요. 리넨 침대 시트도 풀을 먹였는데, 까끌까끌한 리넨에 풀을 먹이고 다림질까지 하면 촉감이 어땠을지 상상이 가지요? 침대 한쪽으로 들어갔다가 반대쪽으로 바로 빠져나갈 수도 있을 정도였어요! 리넨은 원래 흰색이 아니고 회색이었지만 표백하면 아주 하얘졌지요.

그 시절 시골에서는 학교를 여름에 석 달, 겨울에 석 달 다녔습니다. 여자아이들은 겨울에 학교에 자주 못 나갔는데, 춥기도 했거니와 입고 나갈 따뜻한 옷도 없었어요. 나도 학교에 나가는 날이 많지 않았지만 대신 집안일을 거들거나 이웃집에 일손을 보태며 바쁘게 지냈습니다.

5 흰색과 검은색이 점점이 섞인 원단.

시럽 만들기(1943년)

그릇에 소복이 눈을 담아 설탕으로 변하기 직전의 시럽을 부은 다음

제각기 사탕을 만들어 먹었지요.

그렇게 실컷 먹었으니 아마 그날 밤엔 달콤한 꿈을 꾸었을 거예요.

바야흐로 힘든 시절이 시작되었지요.

내 나이 열둘에 밥벌이를 하려고, 소위 식모살이를 시작했습니다. 나에겐 요리와 살림, 예의범절, 세상을 배울 좋은 기회였지요. 토마스 화이트사이드 부부의 집으로 들어가 살게 되었는데, 나이 지긋한 좋은 분들이었어요.

화이트사이드 집안은 오래전 우리 집안과 사돈을 맺은 사이라 우리 집을 좋게 생각하고 있었어요. 화이트사이드 부인은 한 번 쇼크가 와서 몸이 쇠약해졌다가 회복된 상태였어요. 남편 말고는 가족이 없어서 여자아이 한 명만 들여도 일손은 충분했고, 마침 우리 집안을 잘 알고 있던 터라 날 데려가고 싶어 했어요. 사실 그 집으로 들어간 건 아버지 뜻을 거스른 일이었어요. 아버지는 내가 학교에 다니길 바랐거든요. 하지만 어머니는 날 학교에 보내봐야 금방 싫증이 나서 얼마 못 다니고 집에만 있을 거라고 생각했지요.

화이트사이드 부인은 나와 정이 들어서 날 보내지 않으려 했어요. 그래서 부인의 생전에는 계속 내가 곁을 지켰지요. 두 분은 나를 친자식처럼 대했어요. 실제로 나를 '아가'라고 불렀고요. 부인에게 남편은 늘 '영

감'이었고 나는 늘 '아가'였습니다. 부인은 나 말고 다른 사람이 가까이 오는 걸 싫어했고, 모든 걸 '아가'가 해주어야 했어요. 참 정 많은 분이었지요. 날 친자식으로 여겼던 것 같아요. 제 마음도 그랬지만요.

두 분은 장로교 신자였습니다. 일요일엔 집안일을 오전에 전부 다 끝내야 한다는 게 철칙이었는데, 실제로는 아침 여덟 시에 이미 아침 식사를 마치고 닭 모이 주는 일을 포함해서 그날 일과를 다 끝내야 했어요. 올드 블랙 조라는 말을 몰고 두 분을 교회에 모시고 가고, 교회 단상 위에 꽃다발을 놓아두고, 설교에서 나온 말씀들을 기억하는 게 내가 해야 할 일이었지요.

화이트사이드 교회는 피니어스 화이트사이드가 1800년경에 세웠던 걸로 알고 있습니다. 많은 신자들의 후원을 받는 교회였고, 심지어 퀘이커 교도까지 후원을 했다지요. 넓적한 소나무 널빤지를 세로로 대어서 지은 이 교회는 언덕 위 한 켠에 자리 잡고 있어요. 옆으로는 큰 숲이 있었고, 아래로는 경사진 들판이 골짜기를 이루었고, 그 골짜기에 플라이 브룩이라는 냇물이 흘렀습니다.

일요일엔 교회 가는 게 큰 낙이었어요. 남자들은 일찍 일어나 가축에게 사료를 주고, 소젖을 짜고, 말들을 빗질해주었지요. 황소에 멍에를 씌웠는데 겨울이면 황소를 긴 썰매에 묶어두고 썰매 위에 볏짚을 한두 단 놓아두었습니다. 그 사이 여자들은 아침 식사를 준비하고, 맛있는 점심 도시락까지 싸놓은 다음, 어른 아이 할 것 없이 모두 가장 좋은 옷을 차려입었어요. 교회에서 돌아왔을 때 집안이 따뜻하도록 벽난로에 석탄도 한 가득 채워두었지요. 아버지는 황소를 몰고 앞서 걸었고, 어머니는 썰매 앞자리에서 아이들을 챙겼고, 할아버지 할머니는 뒷자리에 앉아 젊은 세대를 지켜보았지요.

마침내 교회에 도착하면 얼마나 즐거웠는지. 한 주간의 소식들을 주고받고, 아픈 사람들, 건강한 사람들의 이야기를 듣고, 기도와 감사와 노래로 하루를 보냈지요. 일요일은 고단한 삶으로부터의 휴식과 즐거움을 누리는 날이었어요.

이웃들 모두가 별 탈이 없는 날이면 노래를 부르며 집으로 돌아갔어요. 〈어두운 밤 쉬 되리니〉, 〈날 빛보다 더 밝은 천국〉 같은 곡들을 불렀고, 특히 〈늘 푸른 삶의 산〉을 즐겨 불렀지요. 요즘 젊은 사람들은 영화보러 가는 걸 더 좋아하겠지만 말이에요.

화이트사이드 교회(1945년)

하루는 화이트사이드 부인이 내게, 여름 내내 성경을 읽어주면 골무를 주겠다고 했어요. 솔깃한 제안이었어요. 은 골무라니! 그래서 나는 부인에게 성경을 읽어주었는데, 모르는 단어가 나오면 건너뛰고 읽었어요. 단어의 뜻은 짐작할 수 있어도 발음을 모르겠더라고요. 여름이 다 가도록 성경을 읽었는데, 어찌된 영문인지 성경을 읽기 전보다 더 많이 알게 되었다는 생각은 들지 않더군요. 11월이 되자 화이트사이드 부인은 동부에 있는 트로이로 가서 은 골무를 사왔어요. 은 골무는 내 자랑거리가 되어서 골무에 구멍이 다 뚫리도록 항상 끼고 다녔답니다. 나중엔 손가락 관절이 나빠져서 더 이상 골무를 낄 수가 없게 되었지만 지금도 그 골무를 간직하고 있습니다.

화이트사이드 부인은 항상 내게 바느질을 시켰어요. 나는 처음으로 드레스를 만들어본 뒤로는 바느질이라면 진저리가 났는데도 말이에요. 전부 다 손바느질로 했던 데다 캘리코 원단은 바느질하기가 쉽지 않았거든요. 부인은 계속 바느질을 시켰고, 내가 만든 건 내가 갖게 해주었지요. 기다란 면을 꿰매 나중에 드레스에 달 주름 장식도 만들었어요. 주름 장식은 밑단까지 꿰매야 하고 아주 섬세하게 만들어야 했어요. 자꾸 만들다

보니 익숙해지더군요.

하루 세 번 식사를 준비하는 것도 내 일이었지요. 부인의 넓은 정원에서 잡초를 뽑고 괭이질도 했어요. 연로한 부인이 하기엔 버거운 일이었거든요. 나는 그늘에 앉아 잡초 뽑는 걸 좋아했어요. 서두를 이유가 없어서 천천히 했지요. 그 외에도 빨래와 다림질, 버터 만드는 일도 했습니다.

부인이 세상을 떠난 뒤에도 노쇠한 화이트사이드 씨는 나를 내보내지 않고 가정부로 곁에 두었어요. 일흔이 넘은 화이트사이드 씨는 날 마냥 어리게만 보았어요. 내가 조금이라도 옳지 못한 행동을 했다 싶으면 나무라기도 하셨지요. 그때는 애벗 씨와 그의 부인이 화이트사이드 씨의 농장을 대신 관리해주었습니다.

그해 추수감사절, 나와 화이트사이드 씨 단 둘이 명절을 보내게 되리란 걸 알고 애벗 씨가 우릴 저녁 식사에 초대했습니다.

그날 아침은 춥고도 맑았어요. 밤새 30센티미터 가까이 눈이 쌓이는 바람에 눈을 치우고 길을 터야 했지요. 애벗 씨도 집 주변 길들과 화이트사이드 교회로 가는 길을 내려고 말들을 준비시켰어요. 애벗 씨가 말들에게 종을 달아둔 덕분에 날이 추웠는데도 아침에 울려 퍼지는 종소리가 참 듣기 좋았습니다. 나는 우물까지 길을 내려고 부지런히 눈을 치웠습니다. 그땐 왜 물을 집으로 끌어들일 생각을 아무도 못했는지 모르겠어요.

정오에 화이트사이드 씨와 나는 애벗 씨의 집으로 갔습니다. 저녁으로 걸쭉한 그레이비소스를 곁들인 큼직한 스테이크와, 군고구마, 으깬 무와 감자, 크랜베리, 오이 피클, 식빵과 통밀 빵과 버터, 커피와 파이를 먹었어요.

저녁 식사 후 우리는 다 함께 화이트사이드 교회로 가서 추수감사절에 관한 목사의 설교를 들었습니다. 장작불을 피워 교회 안이 훈훈했고, 상록수와 도토리가 달린 떡갈나무 가지로 장식된 설교단도 참 예뻤어요.

예배를 마치고 애벗 씨가 우리를 집으로 데려다줄 때 그해 들어 처음으로 썰매를 탔습니다. 참 근사했어요. 썰매를 타고 종소리를 들으며 신나게 달렸고, 집에 돌아와 보니 불을 지펴두어서 따듯하고 포근했어요. 그러니 감사한 마음을 갖는 게 당연하겠지요. 정말로 감사한 마음이 들었습니다.

나는 화이트사이드 씨의 조카가 농장과 집을 물려받을 때까지 그의 곁을 지켰습니다.

벌목(1957년)

호박(1959년)

MOSES.

1760년 겨울의 오래된 오크 물동이(1944년)

훗날 나는 이글 브리지로 건너와 2년 동안 에이브러햄 밴던버그 부인의 집에서 일했습니다. 당시 부모님은 이스턴에 살고 있었는데, 얼마 후 오크 힐로 이사했지요. 밴던버그 부인의 집에서 보낸 마지막 겨울에는 남동생 아서도 그 집에서 함께 살았어요. 부인은 나와 남동생을 잘 보살펴주었어요. 마치 고향집에 돌아간 것 같았지요. 당시 우리 남매는 둘 다 학교를 다녔습니다. 이글 브리지의 우리 학교는 동네에서 최고로 손꼽혔는데, 나의 자식들과 손주들이 다녔던 학교이고, 또 지금은 증손주들도 다니고 있지요.

내 어머니 세대만 해도 여자는 자기 이름만 쓸 줄 알면 그만이었어요. 어머니는 일곱 살에 학교를 다니기 시작해서 열한 살에 그만두고 집안일을 돕다가 결혼을 했고, 스물한 살에 자식을 셋이나 두었습니다. 그런 삶의 방식도 하나의 교육이지만, 요즘 젊은 사람들이 원하는 것은 아니겠지요.

학교에 다닐 때 어머니는《역사 읽기》라는 책으로 공부를 했답니다. 아마 나한테도 그 책이 한 권 있을 거예요. 워낙 오래된 책이라 요즘엔 보기 힘들어요. 어머니는 학창 시절 4년 내내 그 책을 들고 다녔는데, 지리학에 관해서라면 모르는 게 없었고 산수는 아버지보다 잘했지만 역사만큼은 아버지가 더 잘했다고 해요. 아마도 타고난 재능이었던 것 같습니다. 반면 아버지는 산수를 어려워하고 맞춤법도 젬병이었지만 대신 입담이 좋았고 모든 면에서 총명한 분이었어요.

어머니는 학교에서 지리를 배웠는데, 수업시간에 그날 배울 내용을 노래로 불렀다고 하더군요. 선생님이 "오늘은 산 이름에 대해 알아볼까요?" 하는 식으로 수업을 시작했답니다. 선생님이나 학생 한 명이 길고 둥근 막대로 지도를 가리키면 반 전체가 산에 관한 노래를 불렀대요. 그 다음날엔 호수에 관해 배웠고요. 어머니가 우리에게 불러주던 노래가 생각납니다.

> 오 위니펙, 내 사랑 위니펙, 내 신부가 되어주겠니?
>
> 애서배스카로 함께 내려가, 너의 슬레이브(노예) 되어줄게.
>
> 그러자 위니펙 아가씨, 있는 대로 화가 나서는
>
> 이 그레이트베어(커다란 곰)야! 하고 소리쳤다네.

학생들은 호수를 하나하나 짚어가며 호수 이름으로 만든 노래를 불렀고 어머니는 그렇게 호수 이름을 외웠답니다. 강과 수도도 마찬가지였고요.

내가 학교에 다닐 때는 선생님이 지도를 그리게 했는데, 나는 멋대로 산을 그렸어요. 내 그림이 마음에 든다고 가져도 되냐고 물었던 선생님도 있었습니다. 우리는 동부의 모든 카운티 이름을 외워야 했는데, 서부에 대해선 별로 아는 게 없었어요. 그래서 거긴 황무지밖엔 없는 줄 알았지요.

애나 메리 로버트슨의 어릴 적 집(1942년)

amma Mary Robertson Moses

하루는 밴던버그 씨가 들어와 이렇게 말했습니다. "월요일부터 학교에 가야 하니 집에 가서 부모님을 뵙고 싶으면 오늘 다녀오는 게 좋겠구나." 그날은 토요일이었습니다. "일요일 낮에 널 데리러 가마. 역으로 가서 존슨빌까지 기차를 타고, 거기서 기다렸다가 이스턴행 기차를 타면 돼." 그러나 나는 밴던버그 씨 말을 듣지 않았어요. 기차는 여섯 시나 되어야 출발했거든요. 그래서 무작정 걷기 시작했습니다. 오크 힐까지 한 5킬로미터쯤 되지 않았을까 싶어요.

집에 도착해보니 아버지가 문간에 서서 들어오지 말라면서 가족 중 여덟이 홍역으로 앓아누웠으니 메리 이모네 집으로 가라고 했어요. 이모네까지는 5킬로미터를 더 가야 했는데 이미 날은 어둑어둑해지고 있었지요. 그때 어머니가 안에서 외쳤어요. "여보. 그러지 말고 당신이 병간호하는 걸 도우라고 해요!" 그래서 나는 가족들을 간호하기 위해 안으로 들어갔습니다. 아버지와 나는 뜬눈으로 밤을 새고 이튿날도 종일 깨어 있었지요.

남동생 프레드는 그때 태어난 지 석 달 된 갓난아기였는데, 배가 고파서 계속 울어대기만 했어요. 어머니는 홍역 때문에 많이 아팠거든요. "저 녀석이 배가 고픈가 보다." 아버지가 하는 말을 듣고 나는 부엌으로 가서 커피 잔에 빵과 우유를 가득 넣었어요. 특별히 크림이 많은 우유를 썼고 설탕도 뿌렸어요. 난로 가장자리에 올려 커피 잔을 데운 다음, 아기를 안아 들고 턱 밑에 천을 둘러주고 빵과 우유를 먹이기 시작했지요. 전부 다 먹였더니 아기가 잠들었어요. 그때까지 아기는 모유 말고는 먹어본 게 없었어요. 아기는 그날 밤새 푹 자고는 아침까지 계속 잤어요. 아홉 시가 되자 걱정이 되어서 아기를 들여다보았어요. 잘 자고 있는 것 같았어요. 문득 빵과 우유를 먹이지 말걸 그랬나 하는 생각이 들었고 혹시 내가 동생을 죽인 건 아닌가 하는 생각도 들더군요. 열한 시쯤 아버지가 들어왔고 나는 아버지에게 아기를 한번 봐달라고 했어요. 아버지가 아기를 보더니 괜찮다고 했어요. 내가 무슨 짓을 했는지 아버지에게 말할 엄두가 나지 않았지요. 오후 세 시가 되도록 아기가 깨어나질 않자 어머니가 너무 오래 자는 게 이상하다며 아기를 데려오라고 했어요. 나는 요람으로 가서 동생을 안아들었지만 얼굴을 들춰볼 용기는 나지 않았어요. 아기를 어머니 곁에 누이는 순간 어머니가 동생의 얼굴을 가리고 있던 가리개를 걷어냈고 나는 아기가 죽었을까봐 두려웠어요. "이런 세상에!" 어머니가 외쳤고, 그 순간 나는 아기가 하늘나라로 갔나보다 생각했어요. 그제야 아기의 얼굴을 들여다보니 얼굴이 시뻘겋게 달아오른 게 영락없는 홍역이었지요! 하지만 프레드는 장수해서 이제 칠순을 넘긴 노인이 되었습니다.

레스터는 이미 2주 전 홍역에 걸려 집에 와 있었는데, 우리에게 홍역을 옮긴 장본인이었지요. 며칠 후엔 나도 걸리고 말았어요. 결국 밴던버그 부인에게 언제쯤 돌아갈 수 있을지 모르겠다고 편지를 보내야 했지요.

홍역을 치르고 후유증이 남은 사람은 호러스뿐이었어요. 자꾸 기침을 했는데, 무얼 해도 멈추지 않았어요. 그때 처음으로 의사가 집에 왔어요. 하지만 의사도 손을 쓸 수가 없었지요. 홍역이 호러스의 폐에 들러붙었다더군요. 호러스는 끝내 회복하지 못하고 스물한 살에 세상을 떠났습니다.

밴던버그 부인의 집을 떠난 뒤 아서는 카스 씨에게 고용되었는데, 농장 일을 하기에 아서는 몸이 허약했어요. 한번은 일주일 내내 비가 와서 침대 시트가 제대로 마르지 않은 적이 있었는데, 카스 부인이 축축한 시트를 그대로 아서의 침대에 깔아놓았던 거예요. 아서는 시트가 축축하단 걸 알았지만 피곤해서 그대로 잠이 들었다지요. 다음날 아침 일어나보니 감기가 단단히 걸린 데다 기침도 심하더래요. 어머니는 아서가 일을 그만두고 집으로 돌아오길 바랐지만 다른 일꾼들이 쉬는 12월이 되어서야 집으로 왔습니다. 2월이 되자 아서는 큰 병이 났어요. 의사는 아서가 열병에 걸렸다며 콜로라도로 보내야 한다고 말했어요. 인근의 의사 두 명 모두 그게 최선이라고 했지요. 아서는 3월 5일쯤 떠났지만 장거리 여행을 하기에 시기적으로 좋지가 않았어요. 향수병과 지병을 같이 앓았고 그러면서도 8월까지 콜로라도에 머물렀어요. 결국 낯선 곳에서 정을 붙이지 못하고 건강도 악화되었지요. 집으로 돌아와서는 그리 오래 살지 못했어요. 기침이 멎질 않았거든요. 세상을 떠났을 때 아서의 나이가 스물한 살이었습니다.

여동생 마이애마는 열여덟 살 즈음에 죽었어요. 심한 감기 때문이었는데, 1년을 간신히 버티다가 끝내 일어나지 못하고 떠나버렸지요.

그렇게 해서 나는 6년 동안 남자 형제 둘과 여동생 하나를 잃었습니다. 장례식을 2년 간격으로 치렀어요.

기쁨이 있으면 슬픔도 있는 법이지요. 요즘 세상 같았으면 다 살릴 수 있었겠지만 그때만 해도 의사들조차 뾰족한 수가 없었어요. 어머니는 자식들의 죽음에 담담한 편이었어요. 사람은 태어나는 순간부터 죽을 운명이라고 했지요. 아버지도 같은 생각이었어요.

축제에 갈 생각에 오로지 가을만 기다리던 시절이 있었어요. 그 시절엔 즐길 거리라곤 가을 축제와 여름 소풍뿐이었고, 그 외의 나머지 시간에는 1년 내내 일해서 돈을 모으고 옷을 아껴 입었어요. 내가 난생처음으로 가본 축제는 1876년도의 주립 축제로, 트로이에서 올버니 사이에서 열렸습니다. 좋은 축제로 정평이 나 있는 데다가 에드윈 쏜이라는 주최측 회장한테 초대를 받았습니다.

우리는 9월 10일에 사우스 케임브리지에서 출발해 증기기관차를 타고 존슨빌까지 갔어요. 난생처음 기차를 탔는데 도착하기 전에 심하게 멀미가 났어요. 우리는 한 시쯤 웨스트 트로이에 도착해서 맛있는 식사를 했습니다. 멀리 골웨이에서 온 젊은 사람들이 많았어요. 식사를 하고 나서 우리는 다 함께 배를 타고 축제장으로 들어갔어요. 우리가 가장 먼저 둘러본 곳은 꽃의 집이었는데, 와, 얼마나 근사하던지! 우리 집 화원도 예쁘긴 했지만 그곳에 비할 건 못 되었지요. 얼마나 곱고 화사했는지 몰라요. 우리는 해가 지도록 그곳에 머물렀어요. 다음날 아침에도 다 같이 축제장으로 돌아가서, 이번에는 새들의 집을 둘러보았지요. 문을 열고 들어가자 "안녕, 안녕, 폴리는 과자가 먹고 싶어"라는 앵무새 소리가 우릴 반겼습니다. 폴리는 아주 야무지게 말했어요. 앵무새를 본 건 그때가 처음이었지요. 그다음엔 스토브의 집을 둘러봤는데, 기다랗지만 그리 넓지는 않았고 햇볕이 잘 드는 건물이었어요. 한쪽 벽을 따라 갖가지 조리용 무쇠 스토브들이 준비되어 있었고 그 뒤에 요리사나 주방장이 서 있었어요. 우리가 스토브 앞을 지나가면 누군가가 조리한 음식을 조금씩 건네주었지요. 어떤 스토브에는 버터를 듬뿍 바른 따끈한 롤빵이, 또 어떤 스토브에는 따끈한 생강쿠키나 파이가 있었어요. 그런 식으로 죽 이어졌지요. 따로 식사를 할 필요가 없었을 뿐 아니라 받은 음식도 다 먹지도 못했어요. 전부 다 최고였어요. 참 좋은 시절이었지요. 핫도그니 샌드위치니 하는, 안에 뭐가 들어갔는지도 알 수 없는 그런 음식은 없었어요.

그러고 나서 우리는 음악의 집으로 갔어요. 악기로 가득 찬 거대한 팔각형 건물 안에서는 내 목소리도 들리지 않았지만 참 근사했어요. 일행 중 몇 명은 가축들을 보러 갔고 나머지는 전시 중인 말들을 구경하러 갔어요. 나는 긴 스커트를 입은 여자들이 말 위에 옆으로 걸터앉아서 허들을 뛰어넘는 경기를 구경했지요. 경마는 신이 나긴 했지만 잘 이해가 안 갔어요. 어쨌든 축제가 열리던 사흘은 참 즐거웠습니다.

마을 축제(1950년)

1877년, 나는 사우스 케임브리지라는 곳에 있는 데이비드 버치 부인의 집에서 일하고 있었어요. 하루는 식사 후 집안일을 모두 마치고 나서 산딸기나 좀 따올까 생각하고 있는데, 나이가 지긋한 버치 부인이 내게 물을 좀 마시고 싶다고 했어요. 그래서 우물가로 가서 물을 한 통 길어 올렸고, 그 물을 둘이서 나눠 마셨지요.

"애나, 저 우물이 어떤 우물인지 아니?" 버치 부인이 물었어요. 내가 모르겠다고, 그냥 평범한 우물이 아니냐고 물었지요. 부인은 그 우물은 〈오래된 오크 물동이〉의 우물이라면서, 딸기밭으로 가는 길에 이야기를 하나 들려주었습니다.

오래전 18세기에 부인의 증조부가 이곳에 살았답니다. 증조부의 형인 폴 데니스가 어렸을 때 이웃집 아가씨와 사랑에 빠졌는데, 그 아가씨의 부모는 딸을 폴한테 주고 싶지 않았대요. 폴의 집안이 가난했기 때문이었어요. 그런데 부모의 반대가 도리어 두 사람의 관계에 불을 붙였고, 두 사람은 사과나무 한 그루를 우체국 삼아 편지를 주고받았지요. 그러다가 폴이 선원으로 일하게 되면서 3년간 떠나 있게 되었습니다. 그 시절엔 3년을 꼭 채워야만 했다지요. 폴은 그리운 고향을 생각하며 〈오래된 오크 물동이〉의 가사를 썼습니다. 그리고 3년 뒤 보스턴으로 돌아와 가사를 우드워스에게 주었습니다. 우드워스가 그 가사에 곡을 붙였고 결국 그 노래의 주인이 되었다네요.[6] 그 시절엔 그런 게 불법이 아니었어요.

그런데 지금 그 노래에 나오는 방앗간과 판자 지붕의 낡은 외양간, 집, 넓게 펼쳐진 연못은 초원이 되었고, 다리와 바위도 사라졌으며, 낙농실은 창고로 쓰이고 있어요. 그리고 존슨빌 철도는 냇물을 따라 그린위치까지 뻗어 올라갔는데, 옛날부터 사람들은 꼬불꼬불한 모양을 가리켜서 늘 존슨빌 철도처럼 꼬불꼬불하다고 표현했지요. 기차가 구부러진 길을 돌 때면 기관사가 열차 맨 끝 칸의 승무원과 얘기를 할 수도 있을 정도로 존슨빌 철도는 심하게 꼬불꼬불했어요. 남부 지역으로 감자를 운반하기 위해 만들어졌던 이 철도는 지금은 사라졌고, 우유 수송 트럭들이 달리는 도로가 그 자리를 대신하고 있습니다.

6 우드워스 작사, 조지 키알마르크 작곡으로 알려져 있다.

방문객들(1959년)

MOSES.

봄이 되면 참 할 일이 많습니다. 이른 봄, 아직 눈발이 흩날릴 때 숲으로 가서 그 해 처음으로 피어난 아르부투스 꽃을, 눈 속에서도 피어나는 그 꽃을 찾아다니거나 갯버들을 꺾던 그날들이 그립습니다! 그럴 때면 하느님의 뜻 가까이, 대자연 가까이에 다가선 것 같은 기분이 들곤 했지요. 생각해보면, 대자연이야말로 우리가 진정 자유로울 수 있는 곳이고 아름다움과 평온을 간직한 곳이며, 삶의 소음에서 벗어나 고요해지기 위해 간절히 가고픈 그런 곳이 아닐까요.

건초를 만들 때가 돌아오면 농장 사람들은 온갖 곡물과 과일과 열매를 수확하고 아이들은 달걀을 모읍니다. 교회에서 소풍이라도 갈 때면 아이들은 케이크와 레모네이드, 수박과 땅콩을 마음껏 먹을 수 있었어요.

그러다가 가을이 되면 또 이런저런 할 일들이 있습니다. 다가올 겨울에 대비해 음식을 저장해야 하고, 땅이 얼어붙기 전에 호밀이나 여러 곡식들을 심을 땅을 갈아엎어야 하지요. 도랑도 파고, 도축할 가축을 추려야 해요.

추수감사절에는 웃음꽃이 피어나는 집이 있는가 하면 슬픔에 잠기는 집도 있습니다. 하지만 감사할 일들은 너무도 많습니다. 우리가 누리는 모든 축복과 풍요로움에 감사해야겠지요.

그러다 보면 겨울이 옵니다. 매서운 날씨가 찾아오는 계절이고, 머리에 혹이 나고 코피가 터질 때까지 스케이트를 타는 재미를 놓칠 수 없는 계절이지요. 얼음이 유리처럼 투명한 계절이기도 하고요. 다 함께 모여 크리스마스에 쓸 나무를 구하러 갈 때면 얼마나 신이 났는지 몰라요. 크리스마스트리를 꾸밀 공상을 하며 언덕을 미끄러져 내려올 때면 또 얼마나 설레었는지요.

참 그리운 날들입니다.

크리스마스(1958년)

내 고향의 언덕(1941년)

나는 늘 내 힘으로 살고 싶었죠. 하릴없이 시간을 보내고 싶진 않았어요.

남부에서

1886년 가을, 나는 실베스터 제임스 씨의 집으로 들어가 집안일을 하고 그의 병약한 부인을 간호하고 어린아이들을 돌보는 일을 시작했습니다. 그 전년도에도 잠시 그 집에 있었지만 그땐 톰 도일이라는 사람이 일꾼으로 있었어요.

어느 날 저녁, 그 집에 도착해보니 꼬마 아서 제임스가 내 손을 잡으며 말했습니다. "메리 누나, 부엌에 가서 톰 아저씨한테 인사해." 나는 아서를 따라 톰 도일을 만나러 부엌으로 갔어요. 그때 톰한테 좀 관심이 있었거든요. 톰은 머리카락이 검고 뺨이 장밋빛인 청년이었는데, 부엌에 갔더니 키가 크고 눈이 파란 남자가 서 있는 게 아니겠어요? 톰은 톰인데, 톰 도일이 아니었어요. 인사를 하고는 다시 거실로 나가 저녁 식사 때까지 거기 있었어요. 그 댁 아이들하고 참 허물없이 지냈는데, 지금은 모두 세상을 떠나고 없네요. 그 아버지와 어머니도, 애나와 아서와 리나도.

어쨌든 부엌에서 만난 톰은 나중에 알고 보니 이름이 토마스 새먼 모지스였습니다. 그는 실베스터 제임스 씨가 고용한 일꾼이었고 나는 가정부였어요. 상황이 상황이다 보니 우리는 자연스럽게 친해졌어요. 토마스는 내 요리 솜씨가 훌륭하다고 생각했고 나는 토마스가 반듯한 집안에서 자란 차분하고 검소한 남자라고 생각했어요. 그 시절엔 돈 많은 남자가 아니라 집안이 반듯하고 평판이 좋은 남자를 찾았거든요. 닭이나 훔치고 다니는 남자들도 많았으니까요. 돈 많은 남자를 좋아하는 여자들도 많지만, 그런 감정은 남자가 돈이 떨어지는 순간 식어버리게 마련이지요.

토마스는 평생 농장에서 살았어요. 일하는 걸 좋아했고, 손재주가 좋아 못 하는 게 없었지요. 시간이 흐르면서 우린 친구가 되었고, 나는 그가 좋아졌습니다. 토마스는 훌륭한 사람이었고, 나보다 나은 사람이었어요. 기독교인이라 늘 베풀며 살았지요. 어느덧 우리는 약혼을 하게 되었습니다. 그는 절대 내 곁을 떠나지 않겠노라고 약속했고, 실제로 한 번도 날 떠난 적이 없어요. 언제나 내 곁에 있어주었지요. 지금까지도.[7]

결혼 생활을 시작하면서 나는 우리 부부가 한 팀이라고 생각했기 때문에 남편이 일하는 만큼 나도 일해야 한다고 생각했습니다. 가만히 앉아 누군가 사탕을 던져주길 기다리는 여자가 아니었어요. 항상 내 몫을 하려 노력했지요.

7 토마스는 자서전이 발간되기 25년 전 생을 마감했다.

토마스 새먼 모지스와 애나 메리 로버트슨은 1887년 9월 20일에 결혼을 약속했습니다. 토마스는 때가 되면 좀 더 따뜻한 곳으로 가고 싶다고 했고 그래서 우리는 남부로 가기로 했어요. 노스캐롤라이나주에 말 목장을 갖고 있는 티비츠 씨와 친분이 있던 토마스는 그를 만나러 갔어요. 티비츠 씨는 토마스에게 흔쾌히 목장 일을 맡겨주었습니다. 그래서 우리는 11월 첫날쯤 떠나기로 했지요. 아는 게 없으면 겁도 없다고 했던가요.

결혼식은 좀 갑작스럽게 치르게 되었어요. 결혼식 바로 전 주 일요일에 부모님에게 토마스와 인사드리러 갔고 11월 4일 금요일에 토마스가 내 옷이며 책, 침구, 깃털 매트, 베개를 챙겨 넣을 커다란 상자를 들고 집으로 왔어요. 내 짐은 토마스의 아버지 집으로 가져갔다가, 우리가 자리를 잡고 나서 토마스의 물건과 함께 우편으로 받기로 했습니다.

11월 9일, 부모님과 작별인사를 했어요. 언제 다시 만날지 기약이 없었지요. 아버지가 많이 서운해했어요. 아버지의 형제들처럼 나도 오랫동안 못 볼 거라고 생각했지요. 아버지의 형제들은 막 버펄로로 이사했는데, 당시만 해도 유럽으로 이주하는 것만큼이나 힘든 일이었거든요. 아버지도 토마스를 무척 좋아했어요. 그가 좋은 사람이란 걸 바로 알아보았지요.

가을이므로(1947년)

여동생 세라가 꽃다발을 들고 왔습니다. 나는 깜짝 놀랐어요. 노란 국화였는데, 날이 추워지기 전에 국화를 따서 지하실에 숨겨두고 있었다더군요. 세라는 국화가 결혼식에 어울리는 꽃은 아니지만 구할 수 있는 꽃이 그것밖에 없었다고 했어요. 노란색은 질투를 부른다는 말이 있었거든요. 나는 그 꽃다발을 토마스의 할머니에게 드렸는데, 할머니는 꽃다발을 오랫동안 갖고 있었어요.

남동생 조지프가 기차역까지 나를 데려다주었어요. 나는 고마운 마음에 조지프에게 1달러를 주었고 조지프는 행운의 동전이라며 그 동전을 평생 간직했습니다. 나는 이글 브리지에서 후식 폴스까지 가는 기차를 탔는데, 후식 폴스에서 토마스와 그이의 누나인 마리아를 만날 예정이었습니다. 그러고는 토마스의 집으로 가서 다른 시누이들을 만나고, 식사를 하면서 그의 일가친척을 더 만나기로 되어 있었지요. 그중에는 대서양을 사이에 두고 양쪽 대륙에서 40년씩 거주하신 토마스의 할머니도 있었고, 후식 폴스의 유명인사라는 친척도 있었어요. 아주 좋은 분이었지요.

식사 후 토마스의 남동생 월터가 마차로 결혼식 장소인 목사님 집까지 데려다주었습니다. 그 시절엔 결혼식을 거창하게 하지 않았기 때문에 결혼식이라고 말하기도 좀 그랬어요. 대충 식을 올리는 게 관례였지요.

들러리는 매티 모지스와 약혼자인 찰리 프레블이 서주었습니다. 결혼식은 해가 저물기 시작하는 다섯 시쯤 치렀지요. 토마스는 검은색을 입고 있었고 나는 짙은 초록색 드레스에 같은 색 재킷을 입고, 역시 같은 색에 분홍색 깃털 장식이 달린 모자를 썼어요. 거기에 긴 검은색 양말을 신은 다음 단추 달린 발목 부츠를 신었습니다. 스커트를 얼마나 많이 껴입었는지 따로 외투를 입을 필요도 없었어요. 드레스의 앞면 전체에 꼬임 장식이 들어가 있었고, 긴 재킷에도 꼬임 장식이 있었어요. 장갑은 황갈색이었는데 암사슴 가죽이라고 들었어요. 그리고 물론, 반지도 끼었지요.

그런데 나는 반지에 별로 관심이 없었어요. 오히려 요즘엔 그때보다 관심이 있는 편인데, 보석을 볼 기회가 많아져서 그런지도 모르겠습니다.

손가방은 들지 않고 돈지갑만 녹색 재킷 주머니에 넣었습니다. 나머지는 토마스가 들고 다녔고 나는 30달러만 몸에 지니고 있었지요. 토마스의 여동생이 가방을 만들어주었는데, 빨간 원단을 사서 손바느질을 한 가방이었어요. 토마스는 그 가방에 돈을 넣어 속셔츠 밑에 보관했고, 그날 쓸 돈만 꺼내두었지요. 우린 가진 돈이 별로 없었어요. 남부로 갈 때 우리

둘이 가진 돈을 합쳐도 600달러밖에 되지 않았던 것 같아요. 그래도 그땐 그 돈이면 지금보다는 훨씬 더 오래 쓸 수 있었지요.

목사의 부인이 우릴 위해 웨딩케이크와 음식을 준비했지만 우린 갈 길이 멀었습니다. 케이크가 참 예뻤는데, 고맙다는 인사만 하고 떠나야 했지요. 우리는 서둘러 뉴욕행 기차를 타러 가야 했어요. 그런데 글쎄, 그 기차가 우리를 위해 특별히 대절된 것이었더라고요. 온 동네 사람들이 전부 다 기차에 탄 걸 보고 알 수 있었지요. 모두가 우릴 축하해주러 나온 거였어요. 사람들이 마을에서 가장 참한 아가씨를 데려간다며 토마스에게 핀잔을 주었습니다.

서늘하고 청명한, 아름다운 날이었습니다. 우리는 올버니 기차역을 빠져나와 소피아 이모의 집에서 하룻밤을 묵었습니다. 이모는 여성복 재봉사였어요. 그 집 부엌에는 들고 다닐 수 있는 조그만 조리용 석탄화로가 있었는데, 이모는 그 화로에 구운 케이크를 내 웨딩케이크라며 내왔고, 우리는 저녁으로 케이크와 뜨끈한 빵과 여러 가지 음식을 먹었습니다.

결혼식 날이 밝고 화창하면 인생이 술술 풀리고, 비바람이 사납게 불면 고달픈 삶을 산다고 했던가요? 또 결혼식 날은 신부의 날이고 이튿날은 신랑의 날이란 말도 있지요. 나의 날은 화창했는데 다음날 비바람이 거세게 불었어요. 그냥 하는 소리일 뿐 맞는 말은 아닌 것 같습니다. 또 이런 말들도 있지요. '비를 맞는 신부는 행복하다.' '눈을 맞는 신부는 행복하다.' 나는 참 행복한 인생을 살았습니다. 물론 나에게도 시련이 있긴 했지만 그저 훌훌 털어버렸지요. 나는 시련을 잊는 법을 터득했고, 결국 다 잘될 거라는 믿음을 가지려 노력했습니다.

다음날 세 시에 이모의 집을 나선 우리는 기차를 탔고 저녁이 되어서야 뉴욕시에 도착했습니다. 가는 길 내내 비가 왔어요. 거기서 다시 워싱턴행 기차를 탈 계획이었습니다. 워싱턴행 기차를 타려면 한 시간 내에

저지시티로 건너가야 한다는 얘길 듣고는 부랴부랴 길을 물어가며 걸었지요. 그렇게 한참을 걷다가, 트롤리를 타고, 그다음에 다시 한 블록을 더 걸어서 고가철도 열차를 타고, 어느 거리로 들어서서 다시 걷다가 궤도차를 타야 했지요. 그 시절엔 노새와 말이 궤도차를 끌었어요. 그다음엔 배를 타야 했어요. 마침내 우리가 배 앞에 다다랐을 때 선원들이 이미 건널 판자를 올리고 있었는데, 누군가가 우릴 보고는 빨리 타라고 손짓을 하더군요. 남편이 여행 가방 두 개를 들고 있었고, 나는 스커트를 걷어 올리고는 펄쩍 뛰어서 한 발로 판자를 쿵 밟으면서 배 안쪽으로 들어섰습니다. 주위를 둘러보니 남자 셋이 있어서 내가 있을 곳이 아닌 것 같아 바로 옆문을 열고 나갔는데, 바로 멈췄기 망정이지 하마터면 그 길로 허드슨 강에 빠질 뻔했답니다. 돌이켜 생각해보면 그 시절엔 배들이 아주 작았어요. 우리 짐은 노새에 실어서 12킬로미터 거리를 빙 돌아와야 했습니다. 어쨌든 우리는 가까스로 배를 타는 데 성공했고, 그렇게 워싱턴으로 향했습니다.

다음날 아침 여섯 시에 워싱턴에 도착해서 택시를 타고 호텔로 갔습니다. 워싱턴에 대해 아는 게 전혀 없었던 데다 어떤 호텔들이 있는지도 몰랐기 때문에 아주 낡고 그렇게 편리하지도 않은 버지니아 호텔 앞에서 내렸어요. 거기서 정오 무렵까지 쉬다가 버지니아주 스톤턴으로 가는 기차를 탔습니다.

그런데 차를 잘못 타는 바람에 스트래즈버그로 행선지를 바꿔야 했지요. 도착하니 해가 떨어져서 그곳에서 하룻밤을 묵어야 했습니다. 스트래즈버그는 작고 아름다운 시골 마을이긴 했지만 철도의 본궤도에서 갈라져 나온 외딴 마을이었어요. 그날 밤 우리가 묵은 집으로 한 무리의 사냥꾼들이 몰려왔는데, 보아하니 앨러게니 산맥으로 올라가 사슴 사냥을 하려는 것 같았습니다. 밤새도록 집안이 시끌벅적했지요. 게다가 주인아주머니가 처자식이 딸린 가족들에게 방을 세주고 있던 터라 우리는 안방에서 자야 했는데, 안방이 복도 바로 옆방이라 아주 어수선했어요. 우리는 도리 없이 밤잠을 설쳤지요.

이튿날 오후 두 시쯤 버지니아주 스톤턴행 기차를 탄 뒤로는 즐거운 시간을 보냈습니다. 해 질 녘에 스톤턴에 도착했지요. 셰넌도어 밸리는 아름다웠습니다. 우리가 북부를 떠나올 때는 땅이 꽁꽁 얼어붙어 있었는데 남부로 내려오니 꽃이 피어 있더군요.

내가 너무 피곤해서 일요일까지 여기서 묵었다 가자고 했더니 토마스도 그러자고 했어요. 그래서 올드 버지니아 호텔로 향했는데, 호텔을 보자마자 안으로 들어가고픈 마음이 싹 가시더군요. 호텔은 3층짜리 검은 벽돌 건물이었는데, 건물 주위를 돼지들이 뛰어다니고 있지 뭐예요. 그래서 나는 그냥 민박집을 찾아보자고 했고, 우리는 그렇게 계속 걷다가 반대편에서 걸어오던 소년과 마주쳤습니다. 소년을 불러 세워 민박집이 어디 있는지 아느냐고 물었더니, 동쪽을 가리키면서 그쪽으로 가면 있다고 하고는, 다시 뒤쪽을 가리키면서 저 위에도 하나 있다고 하더군요. 첫 번째 집은 새 집처럼 깔끔해 보였지만 두 번째 집은 낡고 운치가 있었고, 창문이 길 쪽으로 활짝 열려 있었어요. 그래서 그 집으로 갔더니, 건물 측면을 따라 계단이 나 있고 계단 위에 화려한 대문이 있었습니다. 토마스는 고풍스럽고 운치 있는 쇠고리로 문을 두드렸습니다. 웬 여자가 문을 열자 토마스가 이렇게 말했어요. "저는 뉴욕주에서 온 모지스란 사람이고, 이쪽은 제 아내인데 일요일까지 여기서 머물고 싶습니다." 그이가 날 아내라고 부른 건 그때가 처음이었어요. "어서들 오세요, 반갑습니다." 여자가 우리를 반겨주었어요. 넓은 복도를 지나 거실로 들어서니 여자들이 몇 명 있었어요. 과부인 벨 부인과 그녀의 다섯 자녀가 살고 있는 집이었어요. 벨 부인은 가족의 생계를 꾸리고 아이들을 학교에 보내기 위해 묵어갈 손님을 받고 있었지요. 참 푸근한 남부 사람이었어요. 저녁을 먹다가 남편이 아까 봤던 여자 중 한 명과 이야기를 나누게 되었는데, 남편이 노스캐롤라이나주에 가는 길이라고 했더니 그 여자가 손사래를 치면서, "아이고 안 돼요. 거긴 가지 마세요!"라고 하는 거예요. 그 옆에 앉아 있던 사람들도 거들면서 안 된다고, 거긴 검둥이들과 벼룩만 들끓는다고 했어요.

저녁 식사를 마친 뒤 남편이 면도 비누를 사러 잡화점에 갔는데, 가게에 발을 들이자마자 주인이 남편에게 "이쪽 사람이 아니시군요"라고 말하더랍니다. "왜 아니라고 생각하세요?" 남편이 물었지요. "R 발음을 굴리시잖아요." 그가 대답하더래요. 그때만 해도 우리는 잡화점 주인 벨이 우리가 묵고 있는 집 주인아주머니의 사촌이란 사실을 몰랐습니다. 어쨌든 토마스와 벨은 그렇게 이야기를 나누게 되었는데, 벨은 토마스가 누구이고 어딜 가는 중이며 무얼 할 것인지 궁금해했고, 토마스는 그가 궁금해하는 것들을 전부 다 알려주었어요. 벨은 토마스에게 더 이상 남쪽으로 내려가지 말라면서 셰넌도어 밸리야말로 지상의 낙원이라 했고, 두 사람은 그렇게 밤늦도록 이야기를 나누었습니다.

한편, 우리는 토마스가 길을 잃어버린 거라고 생각했고, 걱정이 된 벨 부인은 아들을 사촌네로 보내 토마스가 거기 있는지 확인해보았어요. 그때 이미 벨은 더 이상 남쪽으로 내려가지 말라고 토마스를 거의 설득한 상태였어요. 그는 토마스를 돕고 싶다며 이렇게 말했어요. "내일 저녁에 가게로 나오시면 형이 운영하고 있는 작은 농장으로 모셔다드리겠습니다. 마침 형이 농사 일이 적성에 안 맞아 다른 일을 찾고 있는 중이거든요."

이튿날 토마스는 하루 종일 저녁이 되기만 기다렸어요. 도대체 농장을 왜 저녁에 가보자고 하는지 의아해하면서요. 램프가 하나둘 켜지기 시작할 무렵 토마스는 벨 씨가 부탁한 대로 가게로 갔습니다. 그런데 가게에 들어가자마자 벨이 "오늘 저녁에 오시라고 했잖아요"라고 말하는 게 아니겠어요? "지금이 저녁이잖아요"라고 했더니 벨이 토마스를 보고 웃으며 말했어요. "아, 그쪽 사람들이 오후afternoon라고 부르는 시간을 여기선 저녁evening이라고 해요. 낮 열두 시 이후를 말하는 거지요. 오늘은 너무 늦었으니 내일 아침에 내려오세요. 그때 같이 가십시다. 분명 마음에 드실 거예요. 정착하기 전에 1년 정도 살아봐도 좋습니다." 벨은 이미 우리의 친구였습니다.

이튿날 아침 토마스는 100에이커 남짓한 농장을 보러 갔습니다. 작고 아담한 농장이었는데, 당시 농장을 꾸려가던 사람들이 밭일을 영 내켜 하지 않았어요. 본래 교직에 몸담았던 사람들이라 웨스트 버지니아주로 돌아가고 싶어 했습니다. 우리에게 농장을 고스란히 물려주겠다고 하더군요.

그래서 내가 물었지요. "그런데 토마스, 말 목장은 어떡하고요. 그냥 없던 얘기로 해도 괜찮을까요?" 토마스는 목장 측과 정식으로 합의를 본 게 아니라 우선은 가서 어떤지 둘러보기로 얘기가 되어 있었다고 했습니다.

그래서 우리는 그 작은 농장을 임대하기로 했고 그 주에 바로 이사해서 농장에 살던 사람들의 세간과 가축들, 닭과 고양이까지 넘겨받았어요. 결혼한 지 채 한 달도 안 되어서 낯선 땅에 우리만의 보금자리를 틀게 된 셈이었습니다.

수영을 하러 바다로 나갔으니, 이제 헤엄을 치거나, 가라앉거나 둘 중 하나였지요!

셰넌도어 밸리, 남쪽 지류(1938년경)

그렇게 해서 우리는 생활에 필요한 모든 세간과 좋은 이웃을 얻었습니다. 전에 살던 사람들로부터 25달러에 소 한 마리를, 6달러에 늙은 암탉 열두 마리를 사고, 식기들 대부분을 사들였지만 그래도 여전히 난로, 접시 몇 개, 커피 분쇄기, 우유 냄비 몇 개, 빵 도마 등이 필요했고 빵틀도 필요했는데 찾을 수가 없었어요. 그래서 양철공에게 빵틀 여섯 개를 주문했고 그렇게 산 빵틀을 40년 가까이 썼어요. 남편에게 빵 도마가 없으면 빵을 만들 수 없다고 했더니 하루는 남편이 머리에 도마를 이고 언덕을 올라오더군요. 빵 도마를 미리 주문해둔 거였어요. 가장 먼저 산 물건은 아마 커피 분쇄기였던 것 같습니다. 지금은 수동식 커피 분쇄기가 제법 희귀한 물건이 되었지만 말이에요.

머지않아 남편은 말을 두 필 샀고 27달러에 소도 한 마리 더 샀습니다. 나와 남편이 각자 소를 한 마리씩을 갖게 된 셈이었지요.

우유가 넉넉해지면서부터는 버터를 만들기 시작했습니다. 이웃집 카터 부인은 내가 어디다 쓰려고 버터를 그렇게 많이 만드는지 궁금해했지요. 버터를 동네 가게에 팔 거라 했더니 카터 부인 말이, 그렇게 해서 어느 세월에 부자가 되겠느냐고 하더군요. 파운드당 8센트만 내면 얼마든지 살 수 있는 데다 사온 것도 다 먹지도 못한다면서요. 카터 부인은 참 좋은 분이었어요. 정도 많고 사려 깊었지요. 날 만나러 올 때면 절대 빈손으로 오는 법이 없었고 버찌나 사과 버터를 통에 담아왔습니다. 우리 집에 버찌나 사과 버터가 없는 걸 알고 언제나 넉넉히 나눠주었지요. 카터 부인에게 축복이 있기를!

5월로 접어든 지 한참이 지난 어느 날, 버터가 잘 만들어졌길래 토마스에게 식료품점으로 가져가 식료품과 맞바꿔오라고 했어요. 워낙 더웠기 때문에 버터가 녹을까봐 아껴두었던 리넨 냅킨으로 포장을 했지요. 버터는 미리 3파운드씩 나누어두었어요. 새로 산 양철 우유 냄비에 버터를 넣고 시원하게 온도를 유지하기 위해 우엉잎으로 냄비 전체를 감쌌어요. 토마스가 스피틀러 씨에게 버터를 가져가 다른 식료품과 맞바꿀 수 있는지 물었더니 스피틀러 씨는 주머니칼을 꺼내 버터 맛을 보고는 버터 재고가 많이 남아 있지만 12센트를 쳐주겠다고 했습니다. 토마스는 돈 대신 설탕을 받아왔어요. 산딸기가 익어갈 무렵이라 설탕이 많이 필요하리란 걸 알고 있었거든요. 스피틀러 씨는 가족들에게 양키[8] 버터를 맛보게 해주고 싶다며 내가 만든 버터를 집으로 들고 갔답니다. 며칠 후 스피틀러 씨가 우리에게 사람을 보내서는 집에 만들어놓은 버터를 전부 다 달라면서 파운드당 15센트씩 쳐주겠다고 했어요. 그다음에 버터를 또 보냈더니 올 여름에 만드는 버터를 전부 다 달라고, 이번에는 파운드당 20센트씩 쳐주겠다고 했어요. 일이 그렇게 풀려서 10월 20일이 되기도 전에 나는 집에서 만든 버터를 다 팔아서 소 두 마리 값에 맞먹는 돈을 벌 수 있었습니다.

그해 여름 스피틀러 씨의 처남인 이클 씨가 우릴 찾아왔습니다. 강 하류 포트 디파이언스 근처에 있는 600에이커 규모의 자기네 낙농장으로 들어와 살아달라고 하더군요. 우리가 거기서 버터를 만들어줬으면 좋겠다면서, 그 근방에 버터를 살 사람들이 많다는 거예요. 토마스는 처음엔 거절했어요. 그런데 이클 씨가 다시 찾아와, 한 해 동안 우리가 만드는 버터를 파운드당 50센트에 사겠다고 했지요. 토마스는 자기 여동생도 농장으로 들어올 수 있으면 그렇게 하겠다고 했어요. 머지않아 토마스의 여동생 매티가 편지를 보내왔습니다. 매티는 찰리와 결혼해서 남부로 오고 싶

8 미국 북부 사람을 가리키는 말로 속칭이기도 함.

다고 했어요. 그 편지를 받고 토마스는 무척 기뻐했어요. 매티가 와서 일 손을 거들면 내가 고생을 덜 해도 된다고 생각했지요.

10월 15일, 찰리와 매티가 도착했습니다. 우리는 반갑게 맞아주었지요. 모처럼 다 함께 즐거운 시간을 보냈습니다. 특히 찰리와 매티에게는 모든 게 새로웠지요. 그들 부부가 온다는 걸 알고 있었던 카터 부인은 이튿날 아침 우리가 식사를 하고 있는데, 한쪽 팔에는 플리머스 암탉을, 다른 쪽 팔에는 싸움닭을 끼고 들어와서는 닭들을 매티와 찰리 무릎 위에 올려놓고 이렇게 말했습니다. "이 늙다리 반란군[9]이 드리는 결혼 선물이외다." 그게 아마 찰리와 매티가 처음 체험한 남부의 문화였을 거예요. 그들 부부는 무슨 말을 해야 할지, 어떻게 감사를 표현해야 할지 난감해했어요. 카터 부인은 참 좋은 사람이었지만, 좀 거칠고 투박한 면도 있었지요. 하지만 진정한 친구였어요.

어쨌든 일은 순조롭게 진행되었습니다. 큰 농장으로 이사하기 위해 해야 할 일이 여간 많지 않았어요. 과일 통조림을 짐수레에 실어 보내려면

9 남군 병사의 속칭으로 남부 사람을 가리키기도 함.

우선 포장을 해야 했지요. 통조림을 종이에 싸서 짚을 가득 채운 상자에 넣는 게 가장 좋을 것 같아서 그렇게 했더니 안전하게 운반할 수 있었습니다.

MOSE

농장에서의 이삿날(1951년)

1888년 11월 20일, 우리는 강 하류의 포트 디파이언스 부근 낙농장으로 이사하기 위해 벨 농장에서 출발했습니다. 이클 씨로부터 낙농장을 임대하고 가축과 기계를 전부 다 매입했습니다. 찰리와 매티도 함께 가기로 했고요. 농장까지 25킬로미터 거리라 떠나기 전날 빵과 파이, 케이크, 고기를 준비했습니다. 빈집에 도착하면 먹을 게 있어야 하니까요.

출발하는 날, 새벽 세 시에 일어나 아침을 먹고 난로와 침대를 끌고 나와 짐수레 두 대에 실었습니다. 소는 두 마리밖에 되지 않아서 직접 몰고 가기로 했고 돼지와 닭들은 그 전날 실어 보냈어요. 통에 밀가루가 절반가량 차 있어서 밀가루 위에 식탁보를 덮은 다음 남은 공간을 양철 용기들로 채웠고 통에 천을 덮어씌웠어요. 그러고는 찰리의 짐수레에 그 통을 실었지요. 새로 산 빨래 삶는 솥에 미리 만들어둔 음식들을 담았습니다. 빨랫대야 안에도 음식을 좀 더 넣고 빵과 접시도 넣었어요. 여차여차해서, 결국 수레에 짐을 전부 다 실을 수 있었습니다.

일곱 시쯤 되었을까요. 흑인 남자아이가 근사한 말 두 필이 이끄는 이인용 마차를 끌고 나타났습니다. 우리 여자들을 새 집까지 데려다줄 마차였어요. 갈 길이 먼 데다 날도 더워서 우리는 바로 출발했습니다.

그런데 그날이 선거일이라 찰리와 토마스는 스톤턴을 지나는 길에 투표를 해야 했습니다. 8킬로미터쯤 더 갔을 때 소들이 갑자기 길에서 벗어나 깊은 개울로 들어갔는데, 소들이 개울에서 헤엄을 쳐서 멀리 달아날수록 둑이 더 가팔라져서 찰리는 도저히 소들을 물 밖으로 끌어낼 수가 없었지요. 찰리는 그대로 소들이 익사할 줄 알았답니다. 한편 찰리가 잠깐 자리를 뜬 사이, 말들이 뒷걸음을 치는 바람에 수레에 실려 있던 가구가 쓰러졌습니다. 다행히 부서진 가구는 없었지만 밀가루를 담은 통이 뒤집히고 새로 산 양철 빵틀이 방망이에 짓눌려서 그 흔적이 남았지요. 하지만 양철 빵틀은 그 뒤로도 20년을 더 썼답니다. 어찌 됐든 남자들은 소들을 개울 밖으로 끌어낼 수 있었고 다시 짐을 싣고 출발했습니다.

그 시각에 우리 여자들은 아무런 근심 걱정 없이 강 하류로 내려와 오후 세 시쯤 새 집에 도착했어요. 흑인 남자아이가 우리를 새 집 앞에 내려주고 제집으로 돌아갔는데, 우리에겐 집 열쇠도 없었고 주위엔 아무도 없었어요. 토마스와 찰리가 곧 오겠거니 생각하고 기다리고 또 기다렸지만 점심 식사를 마친 동네 사람들이 밭일을 나갈 때까지도 토마스와 찰리는 감감무소식이었어요. 우리는 피로하고 허기졌어요. 집 앞에 검은 호두나무 한 그루가 눈에 뜨여서 나무 밑으로 가서 호두를 몇 알 까먹었지만 그걸로는 간에 기별도 가지 않더군요. 배가 고팠던 매티는 어제 남자들이 실어 나른 채소들은 어디 있냐고 묻더군요. 나는 헛간에 보관해둔 것 같다고 했습니다. 그래서 우리는 오르막길을 걸어 헛간으로 갔지요. 거기서 채소를 찾긴 했지만 조리하지 않고 그걸 어떻게 먹겠어요? 불도 없고 그릇도 없는데! 매티는 날배추라도 먹을 수 있을 것 같다고 했어요. 그런데 날배추를 자를 칼조차 없었어요. 우리는 날배추를 바위에 부서뜨려 몇 조각을 먹어보았습니다. 하지만 여전히 간에 기별도 안 갔어요. 먹음직스런 비트도 있었지만 조리할 방법이 없고, 양파도 있었지만 매티는 소금과 빵 없이 양파는 못 먹겠다고 했어요. 결국 우리는 포기하고 집으로 다시 내려왔습니다.

날이 추워지고 있었고 어둠이 내릴 참이었어요. 그때 매티가 지나가던 남자에게 우리가 집으로 들어갈 수 있도록 문을 부수어줄 수 있냐고 물었어요. 남자는 문을 부수는 게 영 내키지 않는 눈치였지만 얼마 후 창문 하나를 여는 데 성공했고 매티가 창문으로 기어들어가 잠긴 문 하나를 열었어요. 남자에게 성냥이 있는지 물었는데 마침 그에게 성냥이 있었어요. 그 남자는 알렉산더 씨로, 훗날 우리의 이웃이자 좋은 친구가 되었습니다.

어쨌든 집으로 들어온 우리는 나무 부스러기로 거실 벽난로에 불을 피웠습니다. 남편들이 집에 도착했을 때 집안이 훈훈해야 하니까요. 때마침 남편들이 얕은 여울 쪽으로 강 건너는 소리가 들렸습니다. 소들을 데리고 건너는 데 애를 먹는 것 같았어요. 아마도 그날 물이라면 질리도록 봤을 테지요. 남편들은 그동안 우리가 잘 있었는지 확인하려고 서둘러 올라왔습니다. 얼마나 속을 태웠던지 우리가 무사한 것을 보고 뛸 듯이 기뻐하더군요. 스톤턴에서부터 함께 왔던 이글 씨는 여울에서 소들을 데리고 건널 때에도 힘을 보태주었고, 집에 도착했을 때 짐을 내리고 난로를 설치하는 것은 물론, 방을 밝히려고 램프에 기름을 채워 불을 붙이는 것도 도왔고, 식탁, 의자, 음식을 집 안으로 나르는 것도 도왔습니다.

남자들이 난로에 불을 지피고 커피 물을 끓이자마자 나는 차가운 감자를 부드럽게 으깨어 내놓았지요. 매티가 상을 차렸고 모두 둘러앉아 빵과 버터와 피클, 얇게 저민 쇠고기, 차가운 콩, 케첩, 애플파이로 차린 맛있는 저녁 식사를 했습니다. 우리는 앞날의 계획을 세우고 오늘 하루 고생했던 이야기를 나누었지요.

이클 씨는 그날 밤 묵기로 한 형의 집으로 건너갔고 매티와 내가 설거지를 하는 동안 남편들은 임시 잠자리를 준비했습니다.

이튿날 우리는 집을 아늑하고 편안하게 꾸미려 애썼습니다. 매티가 복도 맞은편의 방을 쓰기로 했고 나는 거실을 침실로 쓰기로 했어요. 우리가 '남자들'이라고 묶어 불렀던 토마스와 찰리가 거실에 조그만 장작 난로를 놓아준 덕분에 한동안 편안하게 지낼 수 있었어요.

그 시절 여느 집과 마찬가지로 하얀 석회벽에 바닥은 모래를 문질러 다져 매끄럽고 깨끗했어요. 방들도 널찍했는데, 천장 높이가 3미터 반이나 되고 바닥을 가리려면 카펫이 35미터나 필요했어요. 식탁이 한 개 더 필요해서 천 제품을 담아두었던 보관함을 들고 와서 식탁 겸 수납장으로 썼습니다.

근사한 낙농실도 있었고 한쪽 베란다에 수도꼭지도 달려 있었지요. 삼면에 베란다가 있었고 방과 베란다 사이에 유리문이 있었습니다.

할 일이 여간 많은 게 아니었어요. 머잖아 우유가 집으로 배달되기 시작했고, 그걸로 버터 만드는 일은 내가 도맡아 했지요. 매티는 요리 담당이었어요. 우린 꽤 잘 해냈어요.

버몬트에서 버터 모양틀도 주문했습니다. 모양틀에 별다른 디자인이 없어서 남편은 뭐라도 새겨볼까 고민을 하다가 실제로 새겨 넣었어요. 그 이후로 우리가 찍어내는 모든 버터에는 '모지스'라는 이름이 새겨졌지요. 버터를 스무 번 찍어 한 판을 채우고, 버터 네 판으로 한 상자를 만들고, 일주일에 두 상자를 내다 팔 계획이었어요. 버터 만드는 통이 작은 통 하나밖에 없었기 때문에 하루에 서너 번 우유를 휘저어 버터를 만들어야 했어요. 그렇게 만든 버터는 웨스트 버지니아주에 있는 고급 리조트 화이트 설퍼 스프링스로 보냈습니다.

하루에 세 차례 우유를 휘젓기가 너무 힘들어서 버터 제조용 들통을 하나 주문했습니다. 들통으로 버터를 만드는 건 힘이 많이 들긴 해도 그 나름의 재미가 있더라고요. 그 일을 하면서 멀리 골짜기를 내려다볼 수도 있었고 기차가 지나갈 때면 블루리지 산맥을 배경으로 증기가 뭉게뭉게 퍼져나가는 아름다운 광경을 볼 수도 있었지요. 그때 그 파란 하늘을 배경으로 펼쳐진 흰색과 회색을 그림으로 그릴 수 있었더라면 얼마나 좋았을까요!

MOS

1800년 히즈키야 킹의 집(1943년)

크리스마스 트리 찾아나서기(1946년)

나는 참 행복한 인생을 살았습니다.

물론 나에게도 시련이 있긴 했지만 그저 훌훌 털어버렸지요.

나는 시련을 잊는 법을 터득했고,

결국 다 잘될 거라는 믿음을 가지려 노력했습니다.

그렇게 해서 12월 1일이 되었고 나는 몸이 썩 좋지 않았어요. 토마스는 망간 광산까지 가서 그 부근의 의사 아버클 씨를 찾아갔지요. 아버클 씨는 필요하면 우리 집으로 왕진을 오겠다고 했습니다. 12월 1일 내내 나는 방에 틀어박혀 있었어요. 12월 2일 일요일, 그 동네 날씨치고는 꽤 추운 날이었는데, 찰리가 정오에 아버클 씨를 데리러 갔습니다. 의사는 별 도움이 되지 않았어요. 그날 저녁 여덟 시에 아기가 태어났으니까요. 여자아이이고, 지금껏 본 아기 중 가장 순하고 예쁘다고 의사가 말하는 걸 들었는데, 어쩌면 그저 듣기 좋으라고 한 말일 수도 있겠지요. 레이 부인이 집으로 와서 며칠 동안 아이 옷을 갈아입혀주었어요. 그 이후로는 우리가 잘 보살필 수 있었지요. 아기 이름은 위노나 로버트슨 모지스라고 지었습니다. 나는 출산한 지 아흐레 만에 부엌에 나가 버터 찍는 법을 사람들에게 가르쳐주었습니다.

우리 아가 오나[10]는 얼마나 순했는지 참 키우기가 수월했어요. 우리가 한창 바쁘게 살던 시절이었지요. 밤에도 우유를 젓고 버터를 찍어내야 할

10 위노나의 애칭.

때도 있었고, 매일 새벽 한 시에 일어나 채소를 뽑아 수레에 실어야만 네 시에 출발해서 일곱 시에 스톤턴에 도착할 수 있었으니까요. 여섯 달 동안 이틀에 한 번 채소를 실어 날랐습니다. 고된 일이었지만 경제적으로는 그만큼 보탬이 되었지요.

하루는 토마스가 소작농 집을 지나가다가 꽃이 흐드러지게 핀 층층나무를 보았습니다. 가지 하나를 꺾어 집으로 들고 왔는데, 나무의 절반을 뽑아 왔다고 해도 믿을 만큼 커다랬고 가지 전체에 꽃이 피어 있었어요. 토마스는 가지를 물병에 넣어 한쪽 벽으로 붙여 놓고 못을 몇 개를 박아 쓰러지지 않게 가지를 받쳐주었습니다. 가지가 천장까지 닿았거든요. 식당의 한 면을 가득 채운 가지는 한 달 가까이 꽃을 피웠어요. 정말 믿을 수 없을 정도로 아름다웠지요. 그렇게 아름다운 건 그때까지 본 적이 없었고 그 이후에도 보지 못했어요.

1889년 여름, 어린 모지스가 제힘으로 앉을 수 있게 되자 나는 아기를 베란다로 데리고 나가서 고양이와 새들을 볼 수 있도록 작은 퀼트를 깔고 그 위에 앉혀놓았어요. 고양이들은 아기를 퍽 좋아해서 어느 틈엔가 다가와 몸을 비비곤 했어요. 아기가 조금 자라 고양이 꼬리를 덥석 잡을 수 있게 되면서부터는 고양이를 붙잡은 채로 아기가 베란다 밖으로 질질 끌려 나가는 일이 다반사였지요. 그럴 때면 다쳐서 우는 아기를 일으켜 세워 한참을 달래주어야 했어요. 그런 일이 자꾸 반복되다 보니 안 되겠다 싶었어요. 하지만 쫓아버리기엔 너무 커다랗고 예쁜 고양이들이었지요. 하루는 남편이 고양이들을 자루에 넣어 채소 수레에 실었습니다. 여울을 건너 고양이를 풀어줄 생각이었대요. 그런데 여울을 두 번이나 건너고 나서야 그 생각이 들어 거기에 고양이를 풀어주고 돌아왔습니다. 2주가 지나자 어쩐지 적적한 것 같고 녀석들이 보고 싶었습니다. 원래 동물들이란 가까이 지내다 보면 정이 들게 마련이니까요. 그러던 어느 날, 아침 일찍 베란다에 나갔는데 글쎄 우리 고양이 키티 스눅스가 홀딱 젖은 채 앉아 있지 뭡니까? 우유를 찾고 있었는지 타이거는 헛간에 가 있더군요. 25킬로미터나 되는 거리였는데, 용케도 길을 찾고 여울을 두 번이나 건너서 돌아온 거였어요. 도무지 있을 법하지 않은 일이었지요.

아기를 위한 그네도 만들었습니다. 침대 커버로 아이 몸에 꼭 맞는 작은 의자를 만들고 천장에 달린 튼튼한 용수철에 의자를 매달았지요. 그렇게 해서 아기는 고양이들로부터 멀찌감치 떨어져 있을 수 있었습니다.

건초 만들기(1945년)

늦여름이면 사과 버터를 만들었어요. 그때만 해도 사과 버터는 집집마다 없어서는 안 될 필수품으로 여겨졌지요. 초여름에는 버찌 버터를 갤런 단위로 만들었는데, 버찌 버터를 담았던 통을 지금도 하나 갖고 있답니다.

사과 버터를 만들려면 미리 갈아서 즙을 낸 사과를 배럴 통 두 개 분량으로 준비해야 합니다. 그 사과즙을 커다란 놋쇠 주전자에 붓고는 과수원에 피워놓은 모닥불에 끓여줍니다. 그다음엔 4등분한 사과를 세 통 분량만큼 준비해서 사과씨를 빼고 주전자에 조금씩 넣으면서 젓개로 계속 휘휘 저어줍니다. 젓개는 주전자 안에 세워놓을 수 있을 정도로 기다란 막대인데 끝부분에 바닥을 훑는 짧은 막대를 수직으로 박아놓았지요. 여자들은 사과즙을 계속 휘휘 저으며 날이 저물도록 사과를 넣었어요. 그러고 나면 아이들이 휘저을 차례가 되었지요. 남자아이 하나와 여자아이 하나가 젓개의 손잡이를 함께 잡았습니다. 밤이 깊어지도록 과수원에서는 그야말로 신나는 놀이가 계속되었지요. 아침 일찍부터 만들기 시작하면 자정 무렵까지 저어야만 사과 버터가 걸쭉해졌어요. 달고 맛있게 먹으려면 이때 설탕을 10킬로그램 정도 부어야 하는데, 취향에 따라 계피나 정향

유를 넣어가면서, 적당히 새콤달콤하고 풍미가 난다 싶을 때까지 계속 맛을 봅니다. 그다음엔 통들을 꺼내, 한풀이 꺾여서 너무 뜨겁지 않은 모닥불 주위에 늘어놓습니다. 우리는 사과 버터를 한 번에 40갤런씩 만들곤 했어요. 사과 버터는 과일 절임 젤리와 아주 비슷했습니다.

사과 버터 만들기(1947년)

칠면조(1958년)

위노나가 태어난 지 3년 되던 1891년 12월 2일, 로이드가 태어났고 나는 흑인 가정부를 들여 도움을 받았습니다. 의사를 부르진 않았어요. 나중에야 알게 된 사실이지만, 이 흑인 할머니는 일솜씨가 영 시원치가 않아서 내게 별로 도움도 되지 않았고, 결국 산후조리는 나 혼자 알아서 해야 했지요. 다른 아이들을 출산했을 때는 캐리라는 가정부를 들였는데, 캐리는 일을 참 야무지게 잘 했어요. 그땐 10달러만 주면 되었지요. 캐리는 2주 동안 우리 집에 머물면서 빨래며 다림질을 해주고 다른 아이들까지 돌봐주었습니다. 참 좋은 사람이었어요.

로이드가 생후 아홉 달 정도 되었을 때 장난감으로 시계를 준 적이 있었어요. 그런데 부엌에서 나오자마자 로이드의 울음소리가 들려서 가봤더니, 위노나가 거기 앉아서 남동생 머리카락을 뽑고 있는 게 아니겠어요? 내가 오는 소리도 못 듣고 말이에요. "오나, 지금 뭐 하는 짓이니?" 내가 물었더니 위노나가 이렇게 말하는 거예요. "애 죽이고 싶어요!" 아마 동생에게 질투가 났던 모양입니다. 제 아빠가 워낙 동생을 예뻐해서 그랬나 봐요. 왜 이 집에 자기 말고 다른 아기가 있어야 하는지 이해를 못 했던 거지요.

이클 씨가 죽고 나서 농장이 팔렸고 우리는 스톤턴에서 더 가까운 더들리 농장으로 이사하게 되었습니다. 새 집은 버터를 만들 수 있는 편리한 시설이 갖추어져 있지 않았어요. 평범한 농장이었거든요.

그래서 우리는 우유를 팔기 시작했습니다. 남편은 우유를 병에 담아 팔러 다녔어요. 나는 소젖을 짜서 거른 우유를 병에 담아 종이로 밀봉한 다음 상자에 담았습니다. 한 상자에 스무 병 정도 넣었어요. 처음엔 일꾼을 여섯 두었는데 소젖은 손으로 짜야 했기 때문에 일손을 늘려야 했습니다. 토마스는 말 두 필을 수레에 묶어 우유와 크림을 배달하기 시작했고 그렇게 해서 버터 만드는 일에서는 손을 떼게 되었지요. 남편은 후식 폴스에서 우유를 팔아본 경험이 있었기 때문에 새삼스러운 일은 아니었습니다. 나로서는 일 부담이 줄었지요. 매일 우유병을 예순 개에서 백 개 정도 닦아야 했지만 예전처럼 요리할 일이 많진 않아서 틈틈이 할 수 있을 정도였습니다. 새 집은 3층짜리 낡은 벽돌집이라 아래층 방들은 쓰지 않기로 했고, 그래서 장작과 물을 3층 부엌으로 가져가려면 계단을 열일곱 칸이나 올라가야 했어요. 힘들긴 했지만 그래도 나는 그 일이 좋았어요.

더들리 농장으로 들어간 뒤 우리는 흑인 일꾼을 고용했습니다. 어렸을 때 앤디 베일리로 불리다가 베일리 씨를 떠나 스튜어트 씨 밑에서 일하게 되면서 앤디 스튜어트라고 불렸던 사람이었어요. 세 살 무렵 해방이 되었다는데 그 이후로도 여전히 주인의 이름을 사용했습니다. 본래 자기 이름이 없었기 때문이지요. 우리와 함께 산 9년 동안은 앤디 모지스로 살았습니다. 편지가 올 때나 사람들이 그를 찾으려면 부를 이름이 있어야 했으니까요.

앤디는 밭을 가는 일이나 건초 만드는 일을 거들었는데, 사람이 그렇게 충직할 수가 없었어요. 우리에겐 가족이나 마찬가지였는데 절대로 우리와 한 식탁에 앉으려 하지 않았습니다. 단 한 번도 그런 적이 없었어요. 자기가 있을 자리가 아니라고 생각했지요. 남부에서는 흑인들이 부엌에서 식사를 하는 게 당연하게 여겨지고 있었어요. 우리가 병이 나면 병간호도 해주었고 우리가 원하면 커피나 차와 토스트도 만들어주었지요. 어쨌든 우리와 한 지붕 아래 살았고, 자기 방도 따로 있었고, 말이나 마차 같은 자기 물건도 우리 집에 두었습니다. 주중에는 우리 집 아이들을 데리고 바람을 쐬러 나가기도 했어요. 일요일에는 마차를 몰고 나갔어요. 그 당시에 아이들은 여름에도 옷을 많이 껴입었는데, 앤디는 우리 집 사

내 녀석들을 헛간 쪽으로 데리고 가서 아랫도리를 벗기고 통풍을 시켜주곤 했답니다. 마치 친자식처럼 마음을 써주었어요.

어느 날 저녁, 찰리와 토마스는 부엌에 앉아 이야기를 나누고 있고 나와 매티는 피곤해서 그만 자러 올라가려던 참이었습니다. 앤디가 아직 돌아오질 않아서 문 밖으로 나가보았지요. 달빛이 환한 아름다운 밤이었습니다. 뒤쪽 부엌 베란다에서 몸을 내밀고 내다보던 매티가 말했어요. "저기 오는 짐마차 보여요? 앤디가 오네요." "그러게. 앤디가 맞는 것 같네요." 내가 대답했지요. 그러자 매티가 이렇게 말했어요. "혼이 쏙 빠지게 앤디를 놀래주면 재미있지 않을까요?" "그거 좋죠. 그런데 어떤 장난을 쳐볼까요?" "이렇게 하면 어떨까요? 허수아비를 만들어서 헛간 안에 세워두는 거예요." "좋아요."

그래서 우리는 아래층 세탁실로 달려 내려갔습니다. 대야에 식탁보와 침대 시트, 멜빵바지, 셔츠 등 다음날 아침에 세탁할 더러운 빨래가 가득 쌓여 있었어요. 우리는 멜빵바지에 더러운 옷가지를 빵빵하게 채워 넣고 셔츠 속을 채워서 서로 이어붙인 다음 베갯잇을 채워 만든 머리를 셔츠에 붙여 사람 형상을 만들었어요. 그러고는 침대 시트 한 장과 식탁보를

호수(1957년)

들고 마차를 보관하는 헛간으로 뛰어갔어요. 헛간 천장에는 커다란 바퀴가 매달려 있었어요. 매티는 바퀴까지 기어 올라가서 그 위로 시트를 덮어씌우고는 문이 열려 바람이 들어오면 펄럭이게 만들었지요. 그러고는 허수아비를 시트에 매달아놓고 시트 한쪽 끝을 문에 묶어 놓았어요. 아주 치밀한 작전이었지요. 가엾은 앤디! 그렇게 준비를 해놓고 나니 마차 소리가 들려서 얼른 헛간 뒤쪽으로 피했어요. 우리는 벽돌 담장 밑에 숨어 앤디의 기척에 귀를 기울였습니다. 앤디는 노래를 흥얼거리며 헛간으로 다가오더군요. 잠시 침묵이 흘렀습니다. 앤디는 말을 풀어 마구간으로 들여놓은 다음 마차를 넣으러 돌아왔어요. 앤디가 문을 여는 순간, 허수아비가 밑으로 떨어졌어요. 앤디의 표현에 의하면, 죽은 남자가 그를 정면으로 덮쳤답니다. 앤디가 집으로 뛰어가는 소리가 들렸고, 우리는 각자 방으로 뛰어갔어요. 매티는 제 방으로 돌아가 베갯잇으로 입을 틀어막았고 나는 내 방에서 베개에 얼굴을 파묻고 있었어요. 가까스로 진정을 시키고 나니 앤디가 자기 방으로 들어가는 소리가 들리더군요. "아이고 세상에! 세상에 맙소사. 주인어른, 주인어른! 어서 이리 좀 와보세요. 저기 웬 남자가 죽어 있어요!" 토마스와 찰리가 무슨 소란인지 보려고 나왔습니다. 짚이는 데가 있는지 토마스가 우리 방 쪽에 대고 소리를 질렀습니다. "혹시 두 사람 무슨 장난 친 거 아니요?" 웬걸요. 우린 곤히 잠들어 있었지요. "어서 와보세요, 주인어른!" 그래서 우리 남편들은 시체를 보러 서둘러 계단을 내려가면서 앤디에게 자초지종을 들었습니다. 토마스는 모르긴 해도 누군가 고약한 장난을 친 거라고 생각했는데, 현장을 보자마자 누구 소행인지 바로 알겠더라고 하더군요.

이튿날 앤디는 나와 매티와는 눈도 마주치지 않았고 말도 섞지 않았어요. 그래서 매티가 앤디에게 한마디 했지요. "그러게 그렇게 밤늦도록 쏘다니래?" 앤디가 돌아온 건 밤 열 시였거든요.

마녀들(1960년)

MOSE

애나가 태어난 뒤로는 아이 넷을 돌봐야 했지만 그럭저럭 잘 지냈습니다. 아이들이 성홍열을 앓을 땐 힘든 시간을 보냈지만, 그런 시간들조차도 결국엔 다 지나가더군요.

우리 아이들은 내가 키웠다기보다는 저희들이 알아서 컸다고 해야 할 것 같습니다. 학교에 가기 전까지 아이들은 항상 내 곁에서 집안일을 도왔습니다. 아이들이 닭장에 가서 달걀을 담아오곤 했어요. 남부에서 닭을 돌보는 일은 여자의 일이었거든요. 땔감도 아이들이 날랐어요. 우리 집엔 당시 흔했던 낡은 놀이용 의자가 있었는데, 애들이 그 의자에 땔감을 잔뜩 싣고 계단을 오르락내리락했답니다. 의자 뒷다리가 달아날 때까지 그렇게 했어요.

1896년, 버지니아주 스톤턴 부근의 집시힐 파크에서 열린 축제에 갔습니다. 제법 근사한 마을 축제였어요. 그 축제에 내가 만든 과일, 버찌, 토마토 통조림을 처음 출품해서 대상을 받았습니다. 두 살배기부터 여덟 살배기까지 아이 넷을 데리고 갔는데, 그날 이후 내 다시는 이런 짓을 안 하겠다고 결심했지요!

그때 처음으로 자동차를 보았는데, 하우스버거라는 남자의 자동차였어요. 참 길기도 하고 높기도 하더군요. 하우스버거 씨는 일요일 오후 아내와 아이를 데리고 스톤턴에서 하퍼스 페리까지 유료도로를 따라 드라이브를 즐겼습니다. 그다음으로 본 자동차는 웨이트 박사의 차였는데, 1909년 서부에서 고향으로 돌아오면서 자동차를 가지고 왔답니다. 머지않아 주위에 널린 게 자동차가 되었고, 요즘엔 없어서는 안 될 필수품이 되었지요.

옛날 자동차(1944년)

당시 매티와 찰리는 강 건너에 살고 있었습니다. 두 사람은 우리와 함께 이클 농장에서 몇 년을 살다가, 버지니아의 경기가 좋아지고 찰리가 공장에 일자리를 얻게 되면서 클리프턴 포지로 이사했어요. 그 공장에는 찰리가 할 수 있는 일이 많았거든요. 클리프턴 포지에서 1년 반 정도를 살다가 찰리는 가진 돈을 전부 다 날리고 말았습니다. 당시엔 넓은 부지를 여러 개로 나누어 투자를 받는 게 유행이었는데, 그렇게 매입한 부지가 빨리 팔려나가면 대박이었고, 그렇지 않으면 쪽박이었어요. 돈을 날리고 낙담해 있던 찰리는 혼자 힘으로 다시 농장 일을 시작했는데, 그러던 중에 어머니가 병이 들어서 아내와 함께 북부로 돌아갔습니다. 남부로 내려온 지 8년 만의 일이었어요. 지금 모지스가에 생존해 있는 사람은 매티뿐이고,[11] 로버트슨 가에서는 나와 남동생 프레드만 남았습니다. 그렇게 한 세대가 떠나고 나면 다음 세대가 그 자리를 채우는 거겠지요.

더들리 부인이 과부가 되어 농장으로 돌아올 때까지 8년 동안 우리는 더들리 농장에서 살았습니다. 더들리 부인은 돌아온 뒤로 그 집을 개조했

11 글을 쓴 당시의 상황이며 매티는 1951년도에 사망.

고 부인의 자녀들도 학교를 마치고 고향으로 돌아왔습니다.

그래서 우리 부부는 데인저필드, 혹은 마운트 에어리라고 불리는 농장을 매입했습니다. 그곳은 막내아들 휴가 태어난 농장이기도 하지요. 우리는 그 농장에서 2년을 살았는데 학교가 너무 멀리 떨어져 있다는 게 흠이었어요.

자작나무(1961년)

나는 아이를 열 낳았는데, 그중 다섯만 무사히 자랐습니다. 한 명은 6주를 살았고, 나머지 넷은 죽은 채 태어났어요. 그런 걸 사산이라고 하죠. 하지만 그 아이들에게도 제대로 된 무덤을 만들어주고 싶었습니다.

아름다운 셰넌도어 밸리에 나는 조그만 무덤 다섯 개를 남겨두고 왔습니다.

1861년 셰넌도어 밸리(전투 소식)(1938년경)

1903년 8월, 농장을 팔 기회가 찾아왔고 때마침 고향에서 이제 그만 돌아오라는 소식을 전해왔어요. 우리는 경매를 통해 거의 모든 세간을 팔아치웠습니다. 팔지 않은 것도 있었는데, 이를테면 내 젖소는 팔지 않았어요. 나는 아이들을 데리고 당장 북부로 갈 수는 없다고 했어요. 이제 곧 추워질 테고 아이들에겐 당장 입을 따뜻한 옷이 없었거든요. 남편은 일단은 자기가 스톤턴으로 가서 방을 몇 개 구해놓을 테니 거기서 필요한 만큼 옷가지를 장만하라고 했습니다. 그런데 남편이 막상 스톤턴에 가보니, 온종일 돌아다녀도 도저히 살 곳을 구할 수가 없더랍니다. 심지어 부동산 중개인 둘과 동행했는데도 아무것도 찾을 수 없더래요. 스톤턴이 대학 도시라 곳곳에서 몰려든 젊은이들이 살 곳을 구하고 있었던 거지요. 코딱지만 한 방 말고는 전부 다 나갔더래요.

그러던 중 중개소에서 토마스에게 도시 외곽에 자리한 농장을 하나 추천해주었는데, 제법 괜찮은 주택에 별채들이 딸려 있는 아담한 농장이었지요. 농장이 마음에 쏙 들었던 토마스는 곧바로 나에게 농장을 보여주겠다고 했어요. 나는 토마스만 좋다면 아무래도 상관없으니 거기서 한번 살아보자고 했습니다. 그다음 주에 짐을 나르기 시작했는데, 전에 살던 사람들이 이미 짐을 뺀 뒤였어요.

강변으로 내려가면 풍경이 참 아름다웠어요. 널찍한 포도밭이 있긴 했지만 농장 자체는 20에이커밖에 되지 않아서 농장 일은 별로 없었습니다. 젖소 두 마리를 기른 덕분에 우린 잘 살았어요. 그중 한 마리는 내가 예전부터 가지고 있던 젖소였지요. 우리는 우편배달부 그리어 씨에게 방을 세주었습니다. 그리어 씨의 집은 저 멀리 아랫동네라 우리 집에 함께 살게 되었는데, 그가 우리 집에 '마운트 네보'라는 이름을 붙여주었습니다. 네보는 모세[12]가 사라진 산의 이름이지요.

우리는 그 집에서 2년을 살았고 그동안 우리 아이들은 학교에 다녔습

12 모세와 모지스는 동일하게 Moses로 씀.

니다. 남편에겐 일거리가 필요했는데 농장엔 일이 별로 없어서 이웃 집 농장을 관리해주면서 한 달에 50달러를 받기로 했지요. 참 싼 값에 일을 했지요? 그렇게 해서 남편은 이웃 농장과 우리 농장을 오가며 일을 하게 되었습니다.

하루는 내가 남편에게 물었어요. 만약 내가 식료품값을 내면 남편이 매주 토요일에 식료품점에 지불하는 돈을 대신 나한테 줄 수 있냐고요. "물론이지요." 남편이 말했습니다. "돈은 당신이 원하는 만큼 얼마든지 가져도 좋아요." 그날 저녁 아이들이 공부하러 거실로 가자 나는 저장고에서 커다란 감자 세 개를 꺼내 껍질을 벗기고 물에 담가놓았습니다. 그러고는 가족들이 있는 위층으로 올라갔지요. 그날 밤은 모두들 일찍 잠들었어요. 이튿날 아침 나는 아무도 모르게 살그머니 아래층으로 내려가서는, 물에 담가놓았던 감자들을 최대한 얇게 썰어 감자 칩을 만들 준비를 했지요. 아이들이 학교에 가자마자 굳은 돼지기름을 녹인 다음 얇게 썬 감자를 튀길 준비를 했습니다. 아무도 모르게 만들 생각이었어요. 감자 칩 1파운드를 튀겨 살짝 소금을 친 다음 종이 봉지에 담았습니다. 아이들이 식사를 하러 집으로 돌아왔을 때 나는 아이들 편에 감자 칩을 길 아래 식료품점으로 보내서 감자 칩 1파운드를 얼마로 쳐줄 수 있는지 물어보라고 했어요. 내 힘으로 식료품값을 충당해서 돈을 아껴볼 생각이었지요. 주인은 25센트로 쳐주겠다고 했어요. 더구나 그날 저녁 학교에서 집으로 돌아오는 로이드를 가게로 불러들여서는 다음날 아침에 감자 칩 2파운드를 더 사겠다고 했지요. 나는 갑자기 일이 많아졌지만 어쨌든 이튿날 정오에 학교 가는 아이들 편으로 감자 칩을 보낼 수 있었습니다. 머지않아 5파운드를 주문받았고, 그렇게 나는 부자가 되기 시작했지요! 그 뒤로 식료품점 주인이 값을 올려주어서 파운드당 30센트를 쳐주었고 주문량도 계속 늘었어요. 나는 일주일에 감자 칩 10파운드를 만들어야 했는데, 손으로 일일이 감자를 썬다는 게 보통 일이 아니었고 결국 남편이 채칼을 만들어주었습니다. 남편은 감자 칩의 인기가 얼마 못 가 수그러들겠거니 생각하고 큰 기대를 하지 않았고 내가 너무 고생을 한다고 걱정했지만, 주문량은 계속 늘어서 나중에는 배럴 통으로 하나 가득 감자 칩을 만들어 팔았고 동네 식료품점 말고도 화이트 설퍼 스프링스 리조트와 샬러츠빌에도 보내야 했습니다.

어찌됐든 이게 바로 나의 감자 칩 사업이었어요. 나는 늘 내 힘으로 살고 싶었지요. 가만히 앉아 토마스가 주는 돈을 타 쓴다는 건 상상조차 할 수 없었어요. 지붕을 타고 올라가던 어린 시절이나 지금이나, 나는 가만히 앉아서 하릴없이 시간을 보내며 살고 싶진 않았습니다.

두세 살 무렵 막내아들 휴는 개를 키우고 싶어 했습니다. 1페니를 갖고 있던 휴는 아빠에게 그 동전을 내놓으면서 개를 한 마리 사달라고 졸랐어요. 결국 어느 날 저녁 토마스는 코트 안주머니에 조그만 강아지 한 마리를 넣고 집으로 돌아왔습니다. 비가 내리는 저녁이었어요. 식당으로 들어온 토마스는 휴가 쫓아와 무릎을 타고 올라와 군것질거리가 없나 보려고 주머니를 뒤질 줄 알고 있었지요. 식당으로 달려온 휴가 제 아빠의 주머니 속에 손을 넣었는데, 조그만 강아지가 만져지는 바람에 겁을 집어먹고는 아빠 무릎에서 뛰어내려 오나 누나의 품으로 쪼르르 달려가더군요. 아빠의 주머니 속에 있는 물건의 느낌이 이상했겠지요. 당시 우리 집에는 조그맣고 움푹한 하늘색 그릇이 하나 있었는데, 남편은 강아지를 그 그릇에 넣었어요. 얼마나 작았는지 그릇에 머리까지 쏙 들어갔어요.

1년 가까이 강아지는 오나가 돌봐야 했습니다. 오나는 네 발 달린 동물이라면 무조건 좋아했지요. 우린 그 강아지를 무척 아꼈고 20년을 함께 했습니다. 녀석의 이름은 브라우니였고, 훗날 눈이 멀어버렸지만, 나의 손자이자 휴의 장남인 에드워드가 아기였을 때에도 우리 곁에 있었습니다.

여름의 마운트 네보(1943년)

산타가 굴뚝 타고 내려가네(1960년)

MOSES

아버지 어머니가 우리 집에 머물고 있을 때, 펜실베이니아주에서 어떤 남자가 내려와 따뜻한 남부가 자기 가족이 살기에 좋을 것 같아 새 집을 찾고 있다며 우리 농장의 가격을 물었습니다. 우리는 그 남자에게 농장을 팔기로 했어요. 어머니는 마침 이글 브리지에 매물로 나온 집이 두 채 있으니 만약 생각이 있다면 둘 중 마음에 드는 걸로 고르라고 했어요. 우리는 북부로 편지를 보내 레스터와 토마스의 남동생 월터에게 우리 대신 두 농장을 봐달라고 했지요. 그중 한 곳을 무척 마음에 들어 했던 레스터와 월터는 곧바로 흥정에 들어가 계약을 하게 되었는데, 12월까지 입주를 해야 한다는 조건이 붙었습니다. 아버지 어머니와 오빠는 집으로 돌아가고, 우리는 북부로 이사할 준비를 시작했고, 그렇게 해서 지금 이곳으로 오게 되었습니다.

우리는 열차 화물칸을 대절해서 피아노와 침대들을 비롯한 세간을 전부 다 이곳으로 옮겨 왔습니다. 화물칸 덕분에 농작물, 사과, 돼지고기, 소 한 마리, 암탉들과 가축을 실어올 수 있었어요. 화물칸에 가축을 실으려면 관리할 남자 한 명이 타야 했기 때문에 토마스가 화물칸에 탔는데, 첫째 아들 포러스트와 둘째 아들 로이드도 몰래 데리고 탔습니다. 남편과 아이들의 잠자리로 쓰려고 스프링 매트리스도 화물칸에 실었고, 따뜻하게 하려고 작은 등유 난로도 실었습니다. 한쪽 구석에는 여물과 함께 소 한 마리를 묶어두었고 거름을 치울 쇠스랑도 세워두었습니다. 또 한 구석에는 닭장을, 또 한 구석에는 농작물을 두었지요. 사과 때문에 화물칸 전체에 사과 향이 진동했어요. 그리고 갈색 얼룩이 있는 작은 검둥개도 데리고 탔고요. 대가족이 탄 셈이었지요.

휴, 애나, 위노나는 나와 함께 열차를 탔습니다. 스톤턴에서 정오에 출발하기로 되어 있었지만 이튿날 아침 여섯 시가 되어서야 열차가 출발했습니다. 뉴욕주까지 올라가는 내내 비가 내리고 후덥지근했습니다. 애나는 졸려 했고 어쩌다 보니 나도 깜빡 잠이 들었어요. 눈을 떠 보니 글쎄, 우리 애나가 한 발을 창문 밖으로 떡하니 내놓고 있는 게 아니겠어요! 깨어 있으려고 호주머니에 치즈와 크래커를 넣어왔는데도 자꾸만 졸게 되더라고요. 그렇게 졸고 있는데 때마침 열차 차장이 우리 칸으로 들어와서는 나를 툭 치면서, "입 좀 다물고 주무세요. 입 좀 다무시라고요!" 하더라고요. 휴는 참 잘도 잤어요. 위노나는 우리와 함께 앉아 있지 않고 몇 줄 뒤 낯선 남자들과 키득거렸어요. 그때 위노나의 나이가 열일곱이었거든요. 그날 저녁 뉴욕주에서 묵었는데, 어디서 묵었는지는 기억이 나지 않네요. 거기서 이글 브리지로 기차를 타고 올라갔어요. 중간에 올버니에서도 하룻밤을 묵고 그다음 날 아침 이글 브리지에 도착했습니다. 대지가 온통 눈으로 덮여 있더군요. 아마 12월 15일쯤 되었을 겁니다.

고향집까지 가는 길은 어떤 남자가 태워다주었어요. 물론 나에게는 고향이지만 우리 집 반란군들에겐 난생처음 보는 동네였지요. 가는 길에 우리는 데니스 맥맨이라는 아일랜드계 노인의 집을 지나쳤습니다. 데니스 씨는 재미있는 사람이었어요. 돈 버는 일이라면 물불을 안 가렸지요. 데니스 씨가 어느 날 문득 사과 주스가 먹고 싶더래요. 마침 집에 사과가 있어서 작은 짐마차에 사과를 가득 싣고 말을 몰아 사과즙을 짜주는 방앗간으로 향했답니다. 당시 위험한 사각지대였던 철도 건널목을 지나고 있는데 기관사가 제때 호루라기를 불지 않아서 달려오던 열차가 그만 데니스 씨의 짐마차 뒷부분을 들이받았다는군요. 마차는 부서지지 않았지만 사과가 몽땅 쏟아지는 바람에 데니스 씨가 마차에서 내려 사과를 주워 담아야 했습니다. 기관사가 열차를 세우고 다치지 않았는지 물었을 때 데니스 씨는 이렇게 쏘아붙였다는군요. "왜 이제야 멈추는 거요? 진작 멈출 것이지."

그날 아침 데니스 씨 집을 지나칠 때 그 일화가 떠올라 위노나에게 그 이야기를 들려주었어요. "여기가 데니스 맥맨이라는 남자가 사는 집이란다. 그런데 아무도 없는 것 같네. 닭들이 창틀에 앉아 있는 걸 보니 그 사람이 이 마을을 떴거나 죽은 것 같구나." 내 말을 듣고 아이들이 말하더군요. "그 할아버지 불쌍해요. 저 집에 불편한 몸으로 혼자 누워 있을 테니까요." 그런데 이튿날 아버지가 불쑥 데니스 맥맨 씨 이야기를 꺼내시는 거예요. "데니스 맥맨 씨가 죽은 채로 발견됐다는구나. 어제 너희가 그 집 앞을 지나갈 때쯤 이미 집 안에서 죽어 있었나 보더라."

어쨌든 그렇게 우리는 고향집에 도착했고, 나머지 식구들은 이틀 후 화물칸을 타고 왔습니다. 그다음 날 우리는 새로 이사 들어갈 집을 둘러보러 갔고 화물칸에 있는 짐을 들여놓았습니다.

낯익은 장소들을 지날 때면 내가 오나에게 말했어요. "여긴 그 옛날이나 지금이나 달라진 게 하나도 없는 것 같구나. 울타리 문들이 아직도 경첩 하나로 달려 있는 모양이 내가 떠났을 때랑 똑같네." 20년 만에 돌아온 거였는데도 그렇더군요. 동네가 크게 발전하진 않았던 것 같습니다.

추수철(1945년)

예쁜 그림을 좋아합니다. 예쁘지 않다면 뭐 하러 그림을 그리겠어요?

이글 브리지에서

이글 브리지는 작은 마을의 이름입니다. 나는 지금도 이곳에 살고 있지만 이제는 홀로 남았네요. "이제 모두 흩어져 떠나갔다네, 몇몇은 결혼했고 몇몇은 죽었네…."[13]

옛날에는 마을의 다리들이 이정표 역할을 했습니다. 사람들이 여행을 할 때면 다리에서 다리까지의 단위로 길을 물었지요. 지붕이 달린 다리도 많았는데, 목재를 눈비로부터 보호해서 썩는 속도를 늦추기 위함인 것 같습니다. 거센 물살 위에 다리를 짓기란 쉽지 않았겠지요. 하지만 이제 다리들은 빠르게 사라져가고 있네요. 한때 화이트하우스 브리지라고 불리다가 훗날 후식 브리지로 불렸던, 뉴욕주에서 가장 긴 다리가 있었는데, 그 다리도 이제는 사라지고 없습니다.

이글 브리지라는 이름은 이 동네에 있는 다리 한쪽 끝에 커다란 독수리가 그려져 있어서 붙여진 이름이에요. 그런데 어느 날 어떤 아일랜드계 남자가 이글 브리지 근방에서 일을 구할 수 있을 거라는 말을 듣고 이곳을 찾아왔답니다. 그런데 아일랜드에는 독수리가 없었기 때문에 남자는

13 헨리 롱펠로의 시 〈계단 위의 오래된 시계〉의 한 구절.

그만 이글eagle이라는 이름을 잊어버리고 말았다지요. 하지만 커다란 새였다는 건 기억하고 있었고 커다란 새라면 당연히 매일 거라고 생각했답니다. 그래서 길을 가면서 만나는 사람마다 매가 그려져 있는 다리가 어디 있는지 물었대요. 그래서 그 일 이후 사람들은 여러 해 동안 그 다리를 '매가 그려진 다리'라고 불렀답니다.

어린 시절 밴던버그 씨의 집에 살 때 나는 제시 밴 렌셀러라는 동갑내기 여자아이와 함께 학교를 다녔습니다. 밴 렌셀러 가족은 옆집에 사는 검소한 농부들이었지요. 무더운 여름날이면 제시를 만나러 밴 렌셀러의 농장으로 건너가곤 했어요. 우리는 뒷마당 바위에 앉아서 시원한 개울에 맨발을 담그고 도시락을 먹었습니다. 그 개울이 흐르던 자리가 이제 우리 집 마당이 되었네요. 그렇게 도시락을 먹던 시절에는 30여 년 뒤 그곳이 나의 가족이 머물 보금자리가 될 거라고는 상상도 하지 못했습니다.

스톤턴의 우리 집은 마운트 네보라고 불렸습니다. 뉴욕주로 돌아온 뒤 아이들은 우리의 새 집도 마운트 네보라고 부르고 싶어 했어요. 그 이름으로 부르는 게 옳다고 생각했고, 아이들이 원하니 그렇게 하기로 했습니다.

마운트 네보는 1905년에도 나의 집이었고 지금도 나의 집입니다. 물론 그동안 집이 많이 바뀌긴 했지만 내 집이라는 사실만은 변함이 없습니다.

썰매를 꺼내자(1960년)

북부로 돌아온 남편과 나는 곧바로 우리가 북부를 떠났던 그날로 되돌아갔습니다. 이사 들어온 첫날 밤부터 새 보금자리를 꾸미는 데 여념이 없었어요. 제각기 이 방이 내 방이다, 저 방이 내 방이다, 하고 나섰고 나도 그랬어요. 토마스는 후식 폴스가 훤히 내려다보이는 방을 원했어요. 위노나는 널찍한 방을 원했고 로이드와 포러스트는 지금은 욕실로 쓰고 있는 방을 골랐습니다. 나머지 작은 방 두 개는 창고로 썼어요. 우리는 아이들이 제각기 원하는 방을 갖게 해주었습니다.

첫날 밤은 바닥에 매트리스와 깃털을 넣은 이불을 깔고 잤고, 그 뒤로 우선 아이들 침대를 만들어주었습니다. 날이 제법 추웠지만 혹독한 추위는 아니었어요. 그해에는 추위가 일찍 찾아오지 않았거든요. 어머니는 자리 잡을 때까지 친정에 와 있는 게 어떻겠냐고 했지만 나는 일단 내가 살 곳을 정한 이상 내 집에 머무는 게 나을 것 같아 친정에 가지 않았습니다.

명절을 지낸 후에야 새 집이 그나마 꼴을 갖추게 되었는데, 토마스와 메리 부부를 보러 너무도 많은 사람이 다녀갔기 때문이지요. 토마스의 일가친척 모두가 토마스와 아이들을 보러 왔습니다. 토마스는 친척이 얼마나 많았는지 몰라요. 게다가 나의 친정 식구들은 우리 아이들에 대한 관심이 대단했습니다. 남부의 이념을 믿는 우리 아이들을 '반란군'이라고 불렀어요. 아이들의 사촌들은 남부의 이념에 대해 알 리가 없었고 때로는 집안싸움으로 번지기도 했습니다. 나이가 들어서도 서로 잘 어울리지는 못했어요. 오랜 시간 서로 모르고 살아서 그런 것 같기도 합니다.

토마스의 동생이 서부에서 말 한 필을 구해다 주었습니다. 이곳 이글 브리지에서 한 필을 더 구해서 한 조를 이루었지요. 말을 구하자마자 바로 농장 일을 시작했습니다. 맨 먼저 한 일은 다가올 여름에 대비해 나무를 톱으로 잘라두는 것이었습니다. 그 시절에는 그것도 농부의 일이었지요.

그다음엔 알을 낳을 수 있도록 닭들을 편안하게 해주었어요. 명절을 지낸 뒤부터 아이들은 인근 학교에 다니기 시작했습니다. 맏이인 위노나는 학교에 가지 않고 나를 도와 집 전체 벽에 페인트칠과 도배를 하고 방 정리를 했습니다. 봄부터는 1년 동안 올버니 비즈니스 스쿨을 다녔습니다. 뭐든 잘 해내는 똑 부러진 아이였지요.

토마스는 소를 여러 마리 사서 우유를 팔기 시작했습니다. 토마스는 고향으로 돌아와서 행복해했지만 나는 예전 집이 그리웠어요. 늘 늪에 빠져 있는 것 같은 기분이 들었는데, 버지니아주에서는 해발 500미터 고지

후식 폴스 II (1944년)

대에서 살았던 반면, 이곳은 겨우 90미터였거든요. 이곳을 아름다운 골짜기라고 부르는 사람들도 있지만 그럴 때마다 나는 생각했어요. 내게 셰넌도어 밸리를 돌려줘!

그렇게 시간이 흘렀습니다. 농장에서는 늘 그날이 그날 같고, 달라지는 거라곤 계절밖에 없지요.

이른 아침 해가 뜨기 전에 나는 옷을 갈아입고 불을 지피고 찻물을 끓인 다음, 닭장으로 나가 닭들에게 모이와 물을 주고, 들어와 아침 식사를 차리고, 일꾼들을 식탁으로 불러모읍니다. 그때쯤 남자들이 우유를 짜고, 말들을 빗질하고 먹여서 일 시킬 준비를 마칩니다. 커피와 팬케이크가 준비되고 모두 아침 식사를 합니다. 그런 다음 대여섯 시간을 내리 밭에 나가 있다가 집으로 돌아오지요. 집에서 든든하게 점심 식사를 하고 해질 무렵까지 다시 일을 합니다. 그리고 저녁 식사를 하고 우유를 짭니다. 그러고 나면 어떤 집에서는 성경 한 장을 낭독하고 기도를 하고, 또 다른 하루를 시작하기 위해 잠자리에 들지요.

규칙적인 일상이 반복되었습니다. 월요일엔 빨래를 했고, 화요일엔 다림질과 수선을 했고, 수요일은 빵을 굽고 청소를 했고, 목요일엔 바느질을 했고, 금요일엔 바느질과 더불어 정원이나 화단 가꾸기 같은 잡다한 일들을 했어요. 우리는 바느질이며 청소며 도배며 페인트칠이며 모두 직접 하는 검소한 농부들이었지요. 봄에는 단풍나무에서 수액을 받아 시럽과 설탕을 만들었고, 한 해 동안 쓸 물비누를 한 통 가득 만들었습니다. 그러면 어느덧 대청소를 할 때가 되고, 청소를 끝내기 전에 작은 과일을 수확할 때가 오지요. 그 틈틈이 집안일도 해야 했습니다. 이 모든 일들이 여자들과 아이들의 몫이었어요. 대가족이 함께 살다 보면 병치레가 잦기 마련이었는데, 죽음의 문턱까지 가지 않는 이상 의사를 부르지 않고 집에서 간호했습니다.

봄에 옥수수를 심고 나면 서커스단이 마을을 찾았고, 그럴 때면 서커스를 구경하라고 남자아이들은 하루를 쉬게 했습니다. 여자아이들은 여름 소풍까지 기다려야 했지요. 어른들은 박람회에 참가했는데, 농부들과 농부의 아내들은 박람회에 농작물을 출품해야 했습니다.

이렇게 한 해, 또 한 해가 흘러갔습니다.

5월: 비누 만들기, 양 떼 씻기기(1945년)

애나는 성품이 온화했어요. 다정하고 쾌활한 아이였지요. 애나가 집에 있으면 늘 친구들이 몰려왔고, 항상 재미있는 놀이를 했어요. 나는 애나의 친구들이 집에 오는 걸 전혀 개의치 않았습니다. 하루 세끼 우리가 무얼 먹건, 애나의 친구들도 언제든 환영이었지요. 나는 늘 빵을 넉넉히 만들어두었고 설탕쿠키와 생강쿠키를 한 통씩 준비해두었습니다.

기다란 빵을 매주 굽곤 했어요. 찬장 선반에 항상 파이와 빵을 올려두었습니다. 그런데 맛있게 구워놓은 빵을 내오려고 찬장에 가보면 빵이 없었어요. 아들 녀석들이 한발 앞서 가져가버린 것이었지요. 그래서 나는 마구간에서 띠쇠를 가져다가 찬장에 자물쇠를 달았습니다. 일주일은 무사히 지나갔어요. 그러던 어느 날, 찬장에 두었던 초콜릿케이크가 또 사라져버린 거예요. 문이 잠겨 있었는데도 감쪽같이 사라졌지요. 결국 우리는 케이크 없이 식사를 했어요. 알고 보니 아들 녀석들이 석탄용 끌을 가지고 문에 박아놓은 철심을 뽑아냈던 거였어요. 철심을 도로 구멍에 넣어놓아서 며칠이 지난 뒤에야 그게 느슨해져 있다는 걸 알았어요. 녀석들을 야단치려 하면 온갖 변명을 늘어놓으면서 "아무튼 진짜 맛있었어요. 그렇게 맛있는 케이크는 아마 다시는 못 먹을 거예요!"라고들 하니, 내가 뭐라 하겠어요? 배고파서 맛있게 먹었다는데.

나는 아이들을 크게 혼낸 일이 거의 없었어요. 다만, 남부에서 아들들이 어렸을 때 매를 든 적이 있는데, 한 명만 혼내면 그 아이만 놀림을 받으니까 모두에게 회초리를 들었지요. 아이들에게 라일락 덤불에서 회초리를 직접 꺾어 오라고 했어요. 그것도 벌의 일부였습니다. 하지만 세게 때린 적은 없습니다. 그 시절엔 아이들을 세게 때리는 걸 많이 봤는데도 말이에요. 우리 아이들은 착했어요. 내 아이들은 늘 그랬어요.

나는 다혈질처럼 흥분해서 난리를 피운 적은 거의 없었던 것 같습니다. 젊었을 때도 그런 적이 없어요. 화가 나면 그저 가만히 머릿속으로 '이쉬카비블'이라고 말해요. 무슨 뜻인지는 모르겠지만 당시엔 흔히들 쓰는 표현이었고, '악마에게나 잡혀가라'와 비슷한 의미라고 하더군요. 사람이 흥분을 하게 되면, 몇 분만 지나도 안 할 말과 행동을 하게 되지요. 하지만 벌컥 화를 내버리는 게 앙심을 품고 꽁해 있는 것보다 나을 때도 있습니다. 꽁해 있다 보면 자기 속만 썩어 들어가니까요.

12월(1943년)

우리 집 아이들은 워낙 개구쟁이라 항상 또래 아이들과 어울려 장난치기 바빴어요. 릴 자매가 우리 집에서 이삼 주 묵었던 적이 있었는데, 그때 어지간히도 장난을 치면서 놀더군요. 한번은 토마스가 식탁에서 일어서자마자 한 아이가 다른 아이에게 물을 뿌리더니 곧바로 또 다른 아이가 물을 뿌리는 거예요. 그길로 물싸움이 시작되어서 몇 명은 밖에 있는 펌프로 뛰어가 아예 양동이째로 물을 들이붓기 시작했지요. 몇 사람은 위층으로 피해 올라가서 창문에서 물을 뿌렸어요. 창문 아래 있는 아이들에게 거의 익사 직전까지 물을 뿌려댔어요. 물싸움이 치열해지면서 밖에 있는 아이들도 창문 안으로 연신 물을 퍼부어대는 바람에 물이 계단을 타고 식당까지 흘러내려 왔습니다. 그러자 릴 자매 중 한 명이 내게 말하더군요. 만약 자기네 집 같았다면 절대로 자기들을 가만두지 않았을 거라고. 나는 아이들이 아직 어리기 때문에 신나게 놀 수 있을 때 놀게 내버려둬야 한다고 생각했습니다. 나이가 들면 그런 일들이 웃으며 회상할 수 있는 추억이 되니까요. 정말 그렇더라고요.

우리 집은 항상 떠들썩하고 행복한 집이었습니다. 남편도 아이들하고 똑같아서, 그 틈에 섞여 재밌게 놀았습니다.

산타 할아버지 기다리기(1960년)

1909년도에 부모님이 모두 세상을 떠났습니다. 어머니는 2월 24일에 심장 이상으로 돌아가셨는데, 그때 어머니 나이가 겨우 예순아홉 살이었어요. 아버지가 어머니보다 스무 살 위였지요. 아버지 장례식은 6월 12일에 치렀습니다. 아버지는 마지막 몇 달 전까지도 아주 정정해서 그 먼 길을 걸어 우릴 보러 올 정도였지요. 토마스의 상황이 여의치 않을 때면 아버지는 혼자 집까지 걸어갔습니다.

어머니는 근엄한 표정을 자주 지었지만 재미있고 농담도 잘 하는 분이었지요. 기억력이 여간 좋은 게 아니었는데, 기억하고 있는 것들을 고스란히 내게 알려주었습니다. 짙은 갈색 머리카락에 나와 비슷한 회녹색 눈동자를 가졌고 피부가 발그레하기보다는 구릿빛에 가까웠어요. 사람들은 내가 로버트슨가 쪽을 닮았다고 했는데, 나이가 들수록 내 얼굴에서 어머니의 얼굴이 보입니다. 지난봄에 찍은 사진은 내가 남부로 내려갈 때 찍은 어머니의 사진과 꼭 닮았더군요.

그 시절만 해도 기계가 거의 없었는데, 마침내 새로운 시대가 열렸습니다. 1913년 우리는 처음으로 자동차를 샀어요. 오버랜드였는데 아이들이 참 좋아했어요. 양키 사촌들도 '반란군'들을 다시 보는 계기가 되었습니다.

1907년에는 뉴욕주 아가일에서 케임브리지로 열기구가 넘어가던 광경을 보았던 기억이 납니다. 열기구 안에는 남자와 여자와 아이가 타고 있었지요. 열기구는 케임브리지에 안착했습니다.

1911년에는 장안의 화제가 된 새로운 발명품이 있었는데, 바로 비행기였어요. 그로부터 얼마 후 나도 난생처음 비행기를 보았습니다.

처음 본 영화는 1914년 시러큐스에서였고요. 정말 근사했지요.

어머니가 고래기름 램프를 쓰시던 1865년에 비해 많은 게 달라졌습니다. 아버지가 항아리에 등유를 담아 오시던 날엔 모두가 두려워했어요. 아버지가 접시에 등유를 조금 부은 다음 성냥에 불을 붙여 갖다 대었는데 불이 붙지 않았어요. 접시에 물을 조금 붓고 나서야 불이 붙었지요.

내가 전등을 처음 본 건 1913년 알바니에서였던 것 같아요. 어쩌면 가스등이었을 수도 있겠네요. 1936년도에서 1937년도 무렵 우리 집에서도 전등을 사용하기 시작했습니다.

열기구 (1957년)

나는 우리가 정말 발전하고 있는지 때로는 의문이 듭니다. 내가 어렸을 때는 여러모로 지금보다 느린 삶이었지만 그래도 좋은 시절이었지요. 사람들은 저마다 삶을 더 즐겼고, 더 행복해했어요. 요즘엔 다들 행복할 시간이 없는 것 같습니다.

우리는 쉰다(1951년)

남동생 조의 아내 에드나가 결핵에 걸려 몹시 아팠습니다. 여동생 셀레스티아가 일주일에 한 번꼴로 조의 집으로 건너가 간병을 도왔지요. 에드나의 아버지도 와서 조와 아이들이 먹을 음식을 만들어주었는데, 음식 솜씨가 좋았습니다. 조와 에드나는 자식을 다섯 두었는데 한 살배기 엘리너가 막내이고, 일곱 살 된 플로렌스가 맏딸이고, 그 사이에 아들이 셋 있었지요. 나는 에드나의 방을 청소하고 셀레스티아는 빨래와 다림질을 도왔어요.

하루는 셀레스티아가 우리 집으로 찾아와 말하기를, 에드나가 얼마 못 버틸 것 같으니 가서 물건을 정리해주어야 할 것 같다고 하더군요. 그러고는 이렇게 물었어요. "에드나가 세상을 떠나면 언니는 아이들 중 누굴 데려다 키울 거야?" 나는 만약 아이를 데려와야 한다면 막내를 데려오겠지만 조가 아이들을 보내지 않을 거라고 말했습니다. 셀레스티아는 플로렌스를 데려가고 싶다고 했습니다. 셀레스티아의 딸과 또래였거든요.

에드나는 그 날 이후 하루를 못 넘겼습니다. 셀레스티아는 실제로 플로렌스를 데려가 마거릿과 함께 학교를 보냈습니다. 하지만 조가 딸을 줄 수 없다고 했기 때문에 당분간만 데리고 있기로 했지요. 농장 일을 나가야 했던 조는 막내딸 엘리너를 어린 아들들에게 맡기고 나갈 수밖에 없었습니다.

어느 날 셀레스티아가 조 집에 들러서 보니 젖먹이 엘리너가 장작 패는 곳의 나무 부스러기 위에 앉아 오빠들과 놀고 있더랍니다. 혼자 앉을 수는 있을 때였어요. 그래서 셀레스티아는 그날 저녁 아기를 자기 집으로 데려갔습니다. 나는 그 이튿날 애나와 함께 마침 셀레스티아 집에 들렀는데 거기서 아기를 보았어요. 애나는 자기가 아기를 돌보겠다며 우리 집으로 데려오자고 고집을 부렸습니다. 아기는 아직 말을 못할 때였어요. 그렇게 해서 엘리너가 우리 집으로 오게 되었습니다.

나는 곧바로 조에게 편지를 써서 어쩌다가 엘리너가 우리 집에 오게 되었는지 자초지종을 설명했습니다. 아기를 데려가고 싶으면 언제든 와서 데려가라고 했지요. 어차피 며칠 뒤에 조의 집으로 데려다줄 생각이었어요. 그런데 우리 가족은 엘리너에게 정이 들어버렸고, 그와 반대로 조의 가족은 아기를 돌보지 않아도 되어서 조금 편해졌는지 정을 좀 뗀 것 같았어요. 우리 가족에게 아기를 돌보는 일은 전혀 부담이 되지 않았어요. 아주 착하고 귀여운 아기였으니까요.

그렇게 해서 엘리너는 결혼할 때까지 우리 집에서 살았습니다. 우리는 엘리너에게 좋은 가족이 되어주었고, 엘리너는 특히 토마스 삼촌을 잘 따랐습니다.

어느덧 자식들이 성장하고 결혼해서 제각기 가정을 꾸리기 시작했습니다. 1910년 11월 28일 우리 딸 위노나가 잭 피셔라는, 주정부에서 일하는 엔지니어와 결혼했습니다.

식은 우리 집에서 올렸어요. 에드 티비츠 목사가 주례를 보았습니다. 노스 애덤스에서 내 여동생 오나와 헤이든 부인이 왔습니다. 밀러 부인이 피로연 음식 준비를 도왔지요. 밀러 부인이 커피를 끓일 커다란 냄비를 찾고 있어서 내가 부인에게 말했습니다. "그 냄비가 우리 집에서 가장 큰 냄비예요. 빨래 삶는 솥을 제외하면요." 그랬더니 부인이 이렇게 말하는 거예요. "빨래 삶는 솥도 괜찮을 것 같은데요. 더러운 남자 양말을 몇 번이나 삶았어요?" 나는 더러운 양말을 삶은 적은 한 번도 없고, 새 솥이나 마찬가지라고 말했지요.

여동생 셀레스티아가 와서 굴 그라탱과 누른 닭고기 요리를 만들었습니다. 오나는 케이크를 준비했고요. 매티 이모, 찰리 삼촌, 내 남동생 조, 프레드 삼촌, 조지아, 모두 왔어요. 하지만 내 친정 쪽 이모들은 오지 않았어요. 그랬다면 하객의 숫자가 너무 많아졌겠지요.

나는 집안 곳곳에 장식을 달고 거실에 아치문을 설치해 그 아래 무릎을 꽃을 쿠션을 놓았습니다. 리나 헤링턴이 거실을 단풍잎과 노박덩굴로 꾸며주었고 꽃은 달리아로 선택했습니다. 그 시절엔 꽃을 따로 사지 않았어요. 대신 노박덩굴을 수레에 한가득 실어왔지요.

나는 흰색 케이크도 만들고, 짙은 색 케이크도 만들고, 소위 신부케이크라고 하는 거대한 케이크도 만들었습니다. 잭이 그 케이크를 잘랐습니다. 하객이 쉰 명은 족히 되었을 거예요. 한 테이블당 열여섯 명이 앉았지요. 워낙 많은 사람들이 도와준 덕분에 정작 내가 할 일은 많지 않았어요. 아주 근사한 결혼식이었지요.

위노나의 웨딩드레스는 전년도 가을에 내가 손수 만들었습니다. 크림색 새틴 드레스였는데, 참 아름다웠어요. 그 드레스를 내가 직접 만들었다는 걸 아무도 믿지 않을 정도였지요. 평소에 내가 무명으로 만들어 입은 드레스와 별 차이가 없었는데도 말이에요. 에블린 헤링턴이 결혼행진곡을 연주해주었습니다. 위노나가 거실 쪽으로 내려올 때 피아노 연주가 시작되었습니다. 그 피아노는 위노나가 치던 피아노였어요. 우리 집에 다녀간 사람들 중 음악을 좀 아는 사람들이 그 피아노 소리가 참 좋더라고 칭찬했습니다. 지금은 조율이 필요하지요. 고향으로 돌아오기 전 남부에서 피아노를 조율해준 노인의 말에 따르면, 노인은 어린 시절 그 피아노를 만드는 공장에서 일했는데, 그 피아노가 100년도 더 된 피아노라고 하더군요. 버지니아주의 알렉산드리아에서 만든 피아노였습니다.

결혼식과 피로연이 끝나고 모두가 집으로 돌아갔습니다. 다들 세 시 반 뉴욕행 열차를 타야 했거든요. 해가 지기도 전에 집이 텅 비었지만 나는 별로 개의치 않았어요. 설거짓거리가 무척 많았거든요.

1915년 우리는 두 아들에게 커다란 농장을 사주었는데, 양 떼가 많은 농장이었습니다. 아들들은 제 아버지의 도움을 받아 그해 봄부터 농장을 직접 운영하기 시작했지만 여전히 우리와 한 집에서 살았습니다. 그러다 1916년 봄, 포러스트와 로이드가 결혼하면서 독립하게 되었지요. 포러스트와 로이드는 한 집안의 자매와 결혼했는데, 메리 브라운이 포러스트의 아내이고, 앨리스 브라운은 로이드의 아내입니다. 두 부부는 다가구 주택에서 함께 살았어요. 포러스트와 로이드는 결혼식을 처가에서 올렸습니다. 메리는 하얀 드레스를 입었는데 길이가 짧아서 마치 학교 가는 여자아이 같았어요. 결혼서약문 어딘가에 이런 말이 있었어요. '세속에서 내가 가진 모든 것을 당신께 양도할 것이며.'[14] 그 말을 듣는 순간 메리는 언덕 위에 있는 포러스트의 양 떼를 바라보며, '그럼 저 양 떼도 나한테 줘야겠네!'라고 생각했답니다. 메리는 가터[15]를 열세 개나 받아서 전부 착용해야 했습니다. 두 사람이 낳을 자녀의 수를 상징하는 것이었지요.

14 미국 성공회 결혼식 중 과거 신랑의 서약에 있던 구절.

15 서양 결혼식 풍습으로 신부가 허벅지에 착용하는 밴드.

메리가 받은 가터들은 남자들이 팔소매에 끼던 가터 못지않게 화려했습니다. 그래야 행운이 온다고들 믿었습니다. 신부가 '새로운 것, 낡은 것, 빌린 것, 훔친 것'을 몸에 지녀야 행운이 온다고 믿었던 것처럼 말이에요.

포러스트 모지스의 집(1952년)

1917년, 나의 딸 위노나의 남편 잭이 장교 훈련에 자원했습니다. 이듬해 사위가 유럽으로 건너가게 되면서 세간을 처분하게 되었고 위노나는 자기 물건을 전부 다 우리 집으로 보냈습니다. 잭이 자기 아버지에게 입대하겠다고 말했을 때, 독일 이민자 출신이었던 잭의 아버지는 이렇게 말했다지요. "그렇게 하렴. 하지만 네가 유럽으로 건너가면 결국 너의 동족과 싸워야 한다는 걸 명심해라." 잭이 떠날 준비가 되자 위노나는 해군에 들어갔고 잭이 돌아올 때까지 거기 있었습니다. 하지만 잭은 전쟁신경증 환자가 되어 돌아왔고 한동안 아무것도 할 수가 없었지요. 뉴욕 생활을 못 견딜 정도로 상태가 심각했습니다. 자기 자신도 믿을 수가 없었다고 하더군요. 조금이라도 주위가 소란스러우면 그대로 무너져버렸으니까요. 하지만 위노나는 뉴욕에 머물러야 했습니다. 위노나가 그때까지도 해군에 있었기 때문에 다른 곳으로 갈 수가 없었어요. 결국 나의 딸과 사위는 각자의 길을 가기로 했습니다. 그 뒤로 잭은 시러큐스로 갔는데, 지금도 가끔 소식을 전해 듣고 있습니다.

내년까지 안녕(1960년)

애나는 고등학교를 졸업하고 뉴욕시 헌터 대학을 다녔고, 그 뒤로는 세인트루크 병원에서 간호업무를 배우기 시작했습니다.

잭이 전쟁에서 집으로 돌아오기 전날, 애나는 실습 중이던 병원에서 내출혈이 일어나는 사고가 있었습니다. 건강에 아무 문제가 없었던 애나는 그날 저녁 간호사실이 있는 복도를 지나고 있었답니다. 간호사들은 수다를 떨며 농담을 주고받고 있었는데, 키 큰 간호사 한 명이 힘자랑을 하고 있더랍니다. 때마침 애나가 쟁반을 들고 들어서자 그 간호사가 쟁반을 옆에 내려놓더니 애나를 거꾸로 번쩍 들었다는군요. 누군가가 나서서 말리기 전까지 계속 그렇게 애나를 들고 있었대요. 애나는 그때 특별한 이상증세를 느낀 건 아니었는데, 내장이 전부 다 목구멍으로 쏠리는 것 같은 기분이었다더군요. 그 뒤로도 애나는 쟁반을 들고 하던 일을 계속했습니다. 그날 밤 잠자리에 든 뒤에 애나의 폐에서 출혈이 있었어요. 나는 이튿날까지 전혀 몰랐고요. 병원 측에서 애나에게 베란다 병실[16]을 내주었습니다. 전문의가 애나를 돌보았지만 이삼일이 지나자 곁에 있어줄 가족

16 당시 맑은 공기에서 쉴 수 있도록 병원의 베란다에 침대를 놓았다.

이 있으면 집으로 돌려보내는 게 좋겠다고 하더군요. 병원에서 할 수 있는 일은 다 했고 더 이상 가망이 없다고 판단한 거였어요. 하지만 물론 우리는 애나에게 그런 말은 하지 않았습니다.

위노나는 해군 부대에서 나올 수가 없어서 잭에게 애나를 집으로 데려가 달라고 부탁했지요. 우리는 그제야 잭이 전쟁에서 돌아왔다는 사실을 알게 되었습니다. 잭과 로이드가 만날 약속을 했고, 결국 모두 우리 집에서 만나게 되었습니다. 나는 애나를 위층으로 데려갔습니다. 애나가 제 발로 계단을 올라갔는데, 나는 그때만 해도 애나의 상태가 어떤지 잘 몰랐어요. 나는 바로 애나를 침대에 눕혔습니다. 계속 침대에서 쉬라고 했다고, 애나가 말하더군요. 애나의 상태는 점점 좋아졌어요. 나는 두 개의 창문을 활짝 열어서 베란다 병실과 똑같은 좋은 환경을 만들어주었고, 애나가 말을 아끼고 식사를 잘 할 수 있도록 오랫동안 정성껏 돌보았어요. 애나는 아마 6주 정도를 침대에서 생활했을 거예요. 나는 애나에게 최대한 좋은 음식을 먹이려 애썼어요. 그렇게 건강을 되찾은 애나는 간호사가 되기로 굳게 마음을 먹었습니다. 그래서 올버니에서 가정방문 간호 일을 시작했지요. 1922년도에 다시 집으로 돌아와 한 학기 동안 근처에 있는 웨이츠 코너즈에서 간호학을 가르쳤습니다. 이듬해 여름, 애나의 삼촌 월터의 아내이자 애나의 숙모 조이가 쇼크를 겪었을 때 그 집에서 애나에게 도움을 청했어요. 애나는 숙모의 임종을 지켰고 그 뒤로도 떠나지 않고 월터 삼촌과 사촌 프랭크를 위해 집안일을 봐주었습니다. 프랭크와 애나는 오래전부터 서로를 좋아했어요. 프랭크는 애나 같은 사람은 이 세상에 없다고 생각했고, 애나도 프랭크를 좋게 생각했지요. 1924년 2월 뉴욕시로 여행을 떠난 둘은 조그만 모퉁이 교회[17]에서 결혼했습니다. 월터 삼촌이 두 사람을 위해 집을 한 채 지어주었는데, 애나 부부는 집이 채 완성되기도 전에 들어가 살아야 했습니다. 일정 시한을 넘기면 몇 년 동안 세금을 내야 했거든요. 베닝턴 엘름가에 있는 집이었어요. 애나는 거기서 7년 정도를 살았습니다.

17 뉴욕시 소재 '변모 교회'의 별칭.

헛간 지붕 고치기(1951년)

베닝턴(1945년)

그 시절 나는 온 가족이 먹을 음식을 만들고 온 가족의 빨래를 했습니다. 빨래하는 날이 돌아오면 오래전 학교 교재에서 읽었던 시를 떠올리곤 했지요.

월요일은 빨래의 날,
빨래를 널었는데
바람이 줄 흔들어
빨래가 날아가네.

윗도리와 속치마
마녀처럼 날아가고,
아끼던 바지마저
저만치 날아가네.

날아가는 내 바지,
붙잡기엔 늦었네.

임프가 입었는지

가랑이에 구멍 났네.

어린 시절, 우리는 월요일마다 아침 일찍부터 나무 빨래통 두 개와 받침대, 빨래판, 빨래를 넣고 방망이질하는 통, 양동이 두 개를 지하실에서 내어왔고, 그 물건들이 그 시절 우리의 세탁기였습니다. 집에서 멀리 떨어진 샘에서 물을 길어와야 했지만 길어올 물이 있는 것만으로도 감사했지요. 꾀를 부리지 않으면 열한 시가 되기 전에 눈처럼 하얗게 빨아서 널은 빨래가 바람에 팔락거렸지요.

냉장고라곤 아주 깊은 우물밖에 없었는데, 버터나 버터를 만들 크림처럼 상하기 쉬운 음식은 커다란 바구니나 양철통에 넣어서 밧줄이나 쇠사슬에 매달아 우물 안에 내려두었습니다.

빨래 걷기 (1951년)

애나가 집을 떠나기 전에 나는 처음으로 투표를 했습니다. 나는 여자도 투표를 할 수 있어야 한다고 생각합니다. 여자도 남자와 똑같이 일하는데 목소리를 못 내서야 되겠습니까? 남자보다 일을 잘 하는 여자도 얼마든지 있고요. 여자가 가정을 돌보아야 한다고 해도 가정을 돌보는 것에 관한 자기주장을 펼 수 있어야 하지요. 투표권을 갖게 된 이후 여성들은 더 많은 자유를 누리게 되었습니다. 고된 허드렛일도 예전보다 줄었지요. 교육을 받고 투표를 함으로써 자녀들의 학교 문제에도 더 많은 의견을 낼 수 있게 되었습니다. 여자가 사회생활을 하고 싶다면 얼마든지 할 수 있겠지만 그렇게 되면 집안일에서는 손을 떼야겠지요. 둘 다 잘 할 수는 없을 테니까요.

오래된 물동이(1960년)

MOSES

한번은 거실을 도배하고 있는데 벽난로 덮개에 바를 벽지가 모자랐어요. 그래서 덮개에 종이를 한 장 붙이고는 우선 단색으로 페인트칠을 했습니다. 그런 다음 양쪽에 커다란 나무를 한 그루씩 그려 넣었어요. 호수가 있는 풍경을 배경으로 그렸는데, 햇빛에 물든 것처럼 보이도록 아주 환한 노란색으로 호수를 칠했습니다. 앞쪽의 빈 공간은 무성한 덤불로 채웠어요. 페인트 붓으로 그렸지요. 휴의 아내 도로시의 할아버지가 내 그림을 보더니, "아름답군요! 지금껏 내가 본 그림 중 제일 좋네요. 행여 망가지지 않게 간수 잘 하시길!"이라고 하시며 혀를 내둘렀답니다. 삼사 년 정도 쓰다가 거실 도배를 새로 할 때 내 그림 위에도 벽지를 발랐습니다. 몇 해 전 거실 도배를 다시 하는데, 도로시가 내 그림을 기억하고 벽난로 덮개에 바른 벽지를 떼어냈는데, 그림의 색이 조금 바랬더군요.

그게 바로 내가 처음 그린 그림이었습니다.

벽난로 덮개(1918년)

1927년 1월 15일은 날씨가 무척 나빴어요. 눈보라가 거세게 불었지요. 열 시쯤 나무를 하러 나간 토마스가 땔감을 꽤 들고 돌아올 줄 알았는데, 빈손으로 돌아왔어요. "여보, 당신 어디 아파요?" 내가 물었어요. 그때 토마스는 하루가 멀다 하고 두통 때문에 고생을 했거든요. "아니요. 근데 너무 춥네요." 토마스가 말했어요. 정말 추운 날이었어요. "불 옆에 딱 붙어 앉아 있어요. 내가 생강차를 좀 가져올게요. 부츠도 벗고요." 내가 말했어요. 마침 난로에 불을 잘 피워두었거든요. 차를 가지고 왔는데 토마스는 난로 연통에 등을 기댄 채 서 있었어요. 토마스는 먼저 침대에 앉았다가 드러눕고는 부츠를 벗었습니다. 부츠를 벽에 붙여놓으며 내가 말했어요. "여보, 당신 이렇게 무거운 부츠를 매일 끌고 다니는 거예요? 다신 이렇게 무거운 부츠 신지 말아요!" 사람이 신고 다니기엔 너무 무거운 부츠란 생각이 들었어요. 토마스는 그길로 잠이 들었고 옷도 갈아입지 않은 채 세 시간을 그렇게 잤습니다. 나는 빵을 만드는 중이어서 오븐에 넣기 전에 반죽을 마무리를 하려고 아래층으로 내려갔습니다. 토마스가 입고 있던 양털 체크무늬 웃옷이 너무 더러워서 내려가는 길에 웃옷을 가져가 빨았지요. 다시 방으로 돌아와 토마스에게 먹고 싶은 게 없는지 물었더니 토마스가 없다면서, 차에 설탕을 넣어달라고, 아까 마신 차는 너무 쓰다고 했어요. 그러고는 아마 내가 부엌에 한 시간 정도 있었을 거예요. 나는 빵을 도로시에게 맡기고 차와 램프를 방으로 가져왔어요. 네 시쯤 되었을까. 제법 어두웠어요. "여보, 차 들어요. 갈아입을 깨끗한 옷도 가져왔어요." 내가 말했어요. 그러자 토마스가 말했어요. "어둡네요." "맞아요, 오늘 종일 어두웠어요." 내가 말했어요. 램프를 내려놓고 불을 붙이는 순간 토마스가 사레들린 것처럼 이상한 소리를 내더니 이렇게 말했어요. "갑자기 어두워졌어요." 그게 그이의 마지막 말이었어요.

나는 겁이 더럭 나서 그이에게 말을 걸었습니다. "토마스, 지금 내가 불을 밝혔어요." 때마침 휴가 땔감을 가지러 가는 소리를 듣고 빨리 와보라고 불렀어요. "의사를 불러야겠어요." 휴가 말하며 곧바로 집을 나섰습니다. 이웃집으로 달려가 폴스의 의사에게 전화를 걸어야 했지요. 나는 다시 방으로 돌아와 토마스에게 다가갔는데, 그 순간 내가 토마스를 잃었다는 걸 알았어요. 나는 다시 아래층으로 내려가 휴가 집을 떠났는지 묻고 나서, 가족들에게 말했습니다. "아버지가 돌아가셨다."

우리가 할 수 있는 일이 없었습니다. 로이드와 포러스트가 곧 도착했어요. 의사는 지금 외출 중이지만 최대한 빨리 올 거라고 했어요. 모두가 모이자 의사가 도착했습니다. 그가 말하길, 자기가 곧바로 왔어도 살릴 수 없었을 거라고 하더군요. 협심증이었다고 했어요. 토마스는 자기가 곧 세상을 떠나게 될 줄은 꿈에도 몰랐는데도 그해 가을 아주 이상한 말들을 했지요.

한번은 이런 말을 했어요. "난 내가 죽는 건 두렵지 않아요." 그래서 내가 말했지요. "당신은 안 죽어요. 당신이 얼마나 건강한데!" "내가 죽는 건 정말 두렵지 않지만, 당신 혼자 여기 두고 나 먼저 가느니 차라리 당신이 설원 아래 묻혀 있다고 생각하는 편이 낫겠어요." 그 말을 받아 내가 이렇게 말했어요. "토마스, 난 당신을 만나기 전에도 혼자 잘 살았거든요?" 그랬더니 토마스가 이렇게 말했어요. "나도 그건 알아요. 하지만 당신이 지금 혼자가 된다면 그때와는 다를 거예요. 만약에 이승으로 돌아올 수만 있다면, 나는 다시 이곳으로 돌아와 당신을 보살필 거예요." 마치 머지않아 세상을 떠나리란 걸 아는 사람처럼 그런 말을 했습니다.

나는 늘 물감으로 그림 그리는 걸 좋아했지만 기껏해야 크리스마스 선물로 쓸 조그만 그림이 고작이었습니다. 내가 그린 그림에 대해 토마스는 별로 말을 많이 하지 않았어요. 쓸데없는 짓이라고 생각했거든요. 그런데 죽기 몇 주 전 어느 날, 해가 저문 뒤 토마스가 들어와 내게 물었습니다. "저 그림은 누가 그린 거예요?" 여동생이 그린 그림을 두고 하는 말인 줄 알고 아마 여동생일 거라고 대답했어요. "저 그림 참 좋네. 난로 뒤에 있는 저 그림." 나는 그제야 토마스가 말하는 그림이 에드워드에게 주려고 내가 그린 그림이란 걸 깨달았어요. 제목은 〈울타리 옆 파란 옷 입은 소년〉이었지요. "별로 잘 그린 그림은 아닌걸요." 내가 말했어요. "아니, 아주 잘 그렸어요." 토마스가 말하더군요. 그날부터 마지막 몇 주 동안 내가 그림을 그리기 시작하면 토마스가 내 곁을 떠날 줄 몰랐습니다. 바로 옆에서 지켜보면서 내 그림을 참 좋아해주었어요.

나는 미신을 믿거나 하는 것은 아니지만, 거스를 수 없는 거대한 힘 같은 것이 존재한다고 생각합니다. 내가 이런 일을 하게 될 줄 몰랐어요. 그런데 어떤 그림을 그려야 할지 잘 모르다가도 막상 붓을 잡으면 뭘 어떻게 해야 하는지 알려주는 무언가가 있는 것만 같습니다. 본격적으로 그림

파란 옷의 남자아이(1947년)

을 그리게 된 건 토마스가 도와주었기 때문이 아닐까 하는 생각이 들어요. 나는 늘 생각합니다. 어쩌면 정말로 그이가 돌아와 날 돌봐주고 있는 건지도 모른다고.

1932년 크리스마스에는 독감에 걸린 애나를 돌보러 갔는데 애나는 바로 몸이 좋아져서 손님을 맞이하고 웃고 떠들며 자기가 찍은 아이들 사진을 보여줄 수 있을 정도가 되었어요. 애나는 찾아온 여자 손님 중 한 명에게 사진 한 장을 건네주었고 나는 식탁에서 옷을 만들 원단을 재단하고 있었어요. 그런데 애나가 갑자기 벌떡 일어나더니 뭐라고 웅얼거리면서 화장실로 뛰어갔습니다. 애나가 내 곁을 지나갈 때 손으로 자기 입을 틀어막은 것을 보았지요. 내출혈이었어요. 화장실에 들어서자마자 애나는 호흡 곤란이 와서 베란다 쪽으로 나가려 했어요. 숨을 제대로 못 쉬어 쓰러지기 직전이었지요. 바로 그때 프랭크가 마당에 차를 몰고 들어왔습니다. 나는 애나를 부축하고 있었고 프랭크와 그의 조수 한 명이 집으로 뛰어 들어와 의사를 불렀어요. 의사가 와서 얼음찜질을 해줬지만 애나는 곧바로 폐렴에 걸리고 말았고, 그로부터 며칠 못 살고 떠나버렸지요.

애나는 베닝턴에 있는 월터 삼촌네 땅의 묘지에 잠들었습니다. 묘지에 갈 때마다 애나의 묘를 찾을 수가 없었어요. 묘비를 따로 세우지 않았거든요. 잔디를 수월하게 깎을 수 있도록 묘지를 관리했기 때문이지요. 지금은 그곳에 우리 가족 모두를 기리는 묘비가 세워져 있습니다.

나는 그로부터 2년 동안 애나의 집에 머물며 프랭크가 재혼할 때까지 집안일을 하고 두 아이를 돌보았습니다. 내 집처럼 정성스럽게 살림을 했지요.

애나는 살아생전 프랜시스에게 생일 파티를 열어주기로 약속했었어요. 애나가 떠난 후 프랜시스의 생일이 돌아오자 우리가 대신 파티를 열어주었답니다.

두 아이는 고등학교를 졸업했고 조안은 정식 간호사가 되었습니다. 조안은 이제 결혼해서 콜로라도주에서 살고 있고 프랜시스는 생물학자가 되어 연구실에서 일하고 있습니다.

한번은 포러스트, 메리, 그리고 맏손주인 베티와 함께 남부에 내려갔습니다. 농장 일이 마무리될 무렵인 11월이었을 거예요. 포러스트가 자꾸 서쪽으로 가기에 나는 그쪽이 아니라고, 버지니아주는 남쪽에 있다고 일렀지만 아들이 길을 정확히 알고 있었는지 결국엔 스톤턴에 무사히 도착할 수 있었습니다. 일주일 정도 머물며 참 즐거운 시간을 보냈어요. 어떤 날은 서쪽으로 거의 웨스트 버지니아주까지 갔고 또 어떤 날은 동쪽으로 리치먼드 방향으로 가서 예전에 알고 지내던 이웃들을 모두 만났어요. 그때만 해도 대부분 살아있었습니다.

우리는 차를 타고 추억이 깃든 장소들과 다리들을 둘러보았습니다. 여울들은 없어졌더군요. 자동차가 나오고 나서는 더 이상 쓸모가 없었겠지요. 더들리 농장 앞의 그 여울은 건널 수가 없었기 때문에 우리는 숲으로 빙 둘러서 다리를 건너야 했습니다. 어떤 곳들은 예전 모습 그대로 남아 있고, 또 어떤 곳은 완전히 변해 있었어요. 교회 가는 길에 가로질러 걷던 초원에는 공장들이 잔뜩 들어서 있었습니다. 공항도 생겼고, 내가 알던 풍경이 아니었어요.

케임브리지 밸리(1942년)

조안이 갓난아기였을 적에, 하루는 애나가 나에게 털실로 수를 놓은 그림을 만들어달라고 부탁했어요. 마음에 쏙 드는 털실 그림을 봤는데 엄마가 더 잘 만들 수 있을 것 같다면서요. 그래서 한번 해봤는데, 성공이었어요. 여러 개를 만들어서 지인들에게 나눠주었지요. 하지만 손에 무리가 갔고 갈수록 손이 말을 듣지 않아서 코바늘을 사용하기가 힘들어졌어요. 만성 류머티즘이었습니다. 나는 목도리로 양손을 감고는 침대 맡 의자 위에 올려놓은 채 잠을 청하곤 했어요. 밤에는 통증 때문에 잠을 못 잘 정도였거든요. 꼭 치통을 앓는 것만 같았지요. 그러다가 어느 날 밤 통증이 너무 심해서 《가정을 위한 질병철학 안내서》라는 의학책을 들춰봤습니다. 신선한 우유 세 컵에 송유를 서너 방울 타서 매일 마시는 게 관절염에 특효라고 되어 있었어요. 이대로 석 달을 복용해보니 통증이 싹 가시더군요. 하지만 관절이 뻣뻣한 증세는 그 이후에도 남았습니다.

그 책은 우리 집에서 유일한 의학책이었어요. 원래는 아버지의 삼촌인 윌리엄 킹 종조부님의 책이었는데, 골드러시 때 의사가 되어 이 책을 가지고 캘리포니아주로 향했다지요. 그분은 일행 중 유일한 의사였는데, 다 함께 파나마 해협을 가로지를 때 거기서 생을 마감했다고 합니다. 같이 있던 친구 한 분이 종조부의 물건을 챙겨 종조부의 어머니에게 우편으로 보냈습니다. 1834년에 종조부가 책에 연도와 이름을 써놓았어요. 1833년 헨리 윌킨스에서 출판된 책이었습니다. 어릴 적에 우연히 그 책을 보았던 내 여동생 세라는 책 마지막 장에 그림을 그렸습니다. 부모님의 오크 힐 집을 그린 그림이었어요. 세라는 연필로 그림을 그렸는데 솜씨가 대단했어요. 재능을 타고 났지요. 휴가 어렸을 때 세라는, "휴, 너 이모가 그림 그려주면 자러 가는 거야. 알았지?"라고 말하곤 했습니다. 세라는 몇 분 만에 흠잡을 데 없는 그림을 뚝딱 그려냈고, 그러면 휴는 잠자리에 들었어요. 세라는 30대에 세상을 떠났습니다.

다른 여동생 셀레스티아도 그림을 그렸습니다. 열여섯 살인가 열여덟 살쯤엔 강습을 받기도 했고, 그림을 참 잘 그렸는데, 많이 그리진 않았습니다.

지붕 덮인 다리, 1818년(1940년경)

내 경우엔 노년에 접어들어 그림을 그리기 시작했습니다. 물론 그 전에도 그림을 조금씩 그리긴 했지만요. 그런데 한번은 여동생 셀레스티아가 놀러 와서 내 털실 그림들을 보고는 이렇게 말하는 거예요. "언니, 털실로 그림을 수놓는 것보단 물감으로 그리는 게 더 예쁘고 더 빠를 것 같아." 그래서 나는 동생 말대로 했어요. 소일거리 삼아 그림을 시작했습니다. 수를 놓는 일이나 그림을 그리는 일이나 내게는 다 똑같았어요.

내가 그린 그림이 제법 많아졌을 때 누군가가 후식 폴스의 토마스 잡화점에 그림을 보내보는 게 어떻겠냐고 해서 그렇게 했습니다. 케임브리지 축제에서 과일 통조림이나 라즈베리 잼과 함께 그림들을 전시하기도 했어요. 과일 통조림과 잼으로는 상을 탔는데, 그림으로는 한 번도 상을 타지 못했지요.

그러던 어느 날, 뉴욕시에서 왔다는 루이스 J. 칼도어라는 수집가가 후식 폴스 마을을 지나는 길에 내 그림들을 구매했습니다. 누가 그린 그림이냐고 물었더니 케임브리지 가에 사는 애나 메리 모지스 할머니가 그렸다고 하더래요. 그날 저녁 내가 외출했다가 집에 돌아와 보니 도로시가 말하기를, "어머님이 집에 계셨으면 그림을 전부 다 팔 수 있었을 텐데…

좀 전에 어떤 남자가 찾아와서 어머니 그림이 보고 싶다더라고요. 내일 아침에 다시 온대요. 그림이 몇 점이나 있는지 제가 말씀드렸어요." 며느리는 내게 그림이 열 점 정도 있다고 생각했던 모양입니다.

그날 밤 나는 잠을 이루지 못했습니다. 내가 어떤 그림들을 그렸고 어디에 두었는지 생각해보았지만, 몇 점 되지도 않는 데다 대부분은 털실로 수를 놓은 것이었지요. 그러다가 해가 뜰 무렵, 언젠가 대청소를 하면서 우연히 찾은 캔버스 틀에 그리다 말았던 그림이 떠올랐어요. 버지니아 풍경을 그린 그림이었지요. 제법 큰 그림이라 틀만 구할 수 있으면 그림을 2등분해서 두 점의 그림을 만들 수 있겠다 싶었고, 그래서 그렇게 했습니다. 덕분에 칼도어 씨가 도착했을 때 나는 약속대로 열 점의 그림을 줄 수 있었습니다. 도로시가 곤란해지지 않도록 일부러 신경을 썼던 거였어요. 칼도어는 내가 그림을 반으로 잘랐다는 사실을 1년이 지나도록 알아차리지 못했는데, 언젠가 왜 가장 잘 그린 그림을 반으로 잘랐냐고 내게 묻더군요. 나는 스코틀랜드 민족 특유의 알뜰함이라고 대답해주었지요.

칼도어는 내가 그림을 더 그리길 바랐어요. 몇 번이고 찾아와 내 그림을 사갔습니다. 그는 내 그림들을 뉴욕시로 가지고 가서 갤러리에 전시했고, 그중 세 점은 어쩌다 보니 뉴욕 현대미술관에서까지 전시가 되었습니다. 그러던 중 1940년 10월, 웨스트 57번가의 갤러리 세인트 에티엔에서 나의 첫 전시회가 열렸습니다. 그 소식을 듣고 많은 노인들이 나의 전시회를 찾아주었습니다.

그러다가 뉴욕시에서 초청을 받게 되었습니다. 김벌스 백화점 대강당에서 추수감사절 행사로 '모지스 할머니'의 그림들을 전시했거든요. 여행을 다녀본 경험이 별로 없는 할머니인지라 얼마나 설레고 초조하던지, 또 얼마나 부산스럽고 정신없던지! 어쨌든 그렇게 해서 할머니는 여행길에 오르게 됩니다.

그 사람들은 나에게 집에서 만든 통조림과 빵과 케이크를 가지고 오라고 하더군요. 내가 만든 통조림은 연단 옆 테이블에 올려두었습니다. 토마스 부인[18]과 함께 연단에 오르기 직전에 누군가가 나 같은 할머니에게 어울리는 아담한 꽃다발을 건네주었고 또 다른 누군가가 내 옷에 무언가를 달아주었는데, 꼭 검정 벌레가 옷에 붙어 있는 것 같은 느낌이라 차마 내려다보진 못했습니다. 나중에 알고 보니 마이크를 달았던 거였더군요. 시골에서 올라온 할머니라 뭐가 어떻게 돌아가는지 도무지 하나도 모르겠더라고요. 나는 그저 토마스 부인하고 이야기를 주고받는 거라고 생각했는데, 알고 보니 추수감사절 행사에 참석한 김벌스 대강당의 모든 사람

18 후식 폴스 잡화점 사장의 부인으로 뉴욕시에 동행해 보호자 역할을 했다.

들이 내 이야기를 듣고 있었습니다.

행사가 끝난 다음에는 세상에 맙소사, 이 사람하고 악수, 또 저 사람하고 악수, 악수의 연속이었답니다. 그때 내가 누구와 악수했는지 지금은 하나도 기억이 나지 않네요. 여기저기 얼마나 바쁘게 돌아다녔는지 몰라요. 하지만 불평해선 안 되겠지요. 내가 즐거운 여행을 할 수 있도록 많은 사람들이 고생해서 준비한 일정이니 말입니다.

모지스 할머니, 대도시로 가다(1946년)

그해 겨울 내가 독감이 걸렸는데, 주위에서 자꾸만 누워서 쉬라고 하는 바람에 누워서 쉬면서 이 생각 저 생각을 하게 되었습니다. 오래된 오크 물동이 이야기를 한번 그려볼까 하는 생각이 들었어요. 그 역사를 알고 있었으니까요. 그래서 마침내 기운을 차리고 일어났을 때 오크 물동이 이야기를 그림으로 그렸어요. 그게 나의 첫 번째 시도였는데, 그 뒤로도 또 그렸어요. 그림을 그리면서 이야기의 세세한 부분에 대한 기억도 되살아났습니다.

그러던 중 시러큐스의 한 갤러리에서 전시를 하고 싶다며 그림을 몇 점 보내달라고 하더군요. 나는 〈오래된 오크 물동이〉와 〈옛 체크무늬 집〉과 어린 망아지 한 마리가 있는 그림을 보냈습니다. 휴와 도로시가 전시회에 가보자고 해서 전시회에 참석하기 위해 시러큐스로 갔습니다. 나는 〈오래된 오크 물동이〉로 뉴욕주 대상을 받았고 토마스 J. 왓슨[19]이 그 그림을 샀습니다. 그게 1941년 5월의 일이었어요.

19 당시 IBM의 최고 경영자.

오래된 오크 물동이(1943년)

옛 체크무늬 집(1944년)

그림 그리는 일은 서두르지만 않는다면 아주 즐거운 취미가 될 수 있습니다. 나는 여유를 갖고 꼼꼼하게 그림을 완성하는 걸 좋아합니다.

나는 오래된 접이식 탁자에서 그림을 그립니다. 35년 전 고모가 물려준 탁자인데, 원래는 통나무집에 놓을 용도로 만든 것이었지요. 18세기에 피니어스 화이트사이드라는 사람이 뉴욕주 워싱턴 카운티에 와서 땅을 사고 삶의 터전을 일구었습니다. 아들딸 여럿을 둔 대가족이었어요. 장남이 나이가 차자 피니어스는 그 시대 풍습대로 슈트 한 벌과 양 몇 마리, 도끼 하나에 200에이커 남짓한 땅을 물려주고는, 이제 너도 네 가정을 꾸리라고 말했지요. 장남은 아버지의 땅과 이어진 200에이커의 숲으로 들어가 나무를 베어 침대를 만들고 그 밑에 넣어둘 간이침대도 만들었습니다. 그다음으로 만든 게 바로 이 접이식 탁자예요. 간이침대를 꺼내놓고 쓸 때 돌아다닐 공간이 있도록 탁자를 접이식으로 만들었던 거지요. 소나무 판자를 이어 붙여 만들었고, 상판 밑에 백랍 접시 보관함이 있었습니다. 보관함 뒤쪽으로 덮개가 달려 있어서 의자 모양이 되었지요. 큰 벽돌집을 새로 짓고 나서 오랜 세월이 흐른 뒤 이 탁자는 지하실로 옮겨졌다가 그 뒤로는 또 오랜 세월 동안 우유를 놓아두는 탁자로 쓰였다고 합니다. 그러던 어느 날 고모가 화분 받침대로 쓰라며 내게 이 탁자를 보내주었지요. 나는 탁자의 받침대에 풍경을 그려 넣고 상판 위에 온통 엽서들을 펼쳐놓았습니다.

지금은 이젤로 쓰고 있습니다.

사람들은 내게 이미 늦었다고 말하곤 했어요. 하지만 지금이 가장 고마워해야 할 시간이라고 생각해요. 무엇인가를 진정으로 꿈꾸는 사람에겐 바로 지금 이 순간이 가장 젊은 때이거든요. 시작하기에 딱 좋은 때 말이에요.

아름다운 세상(1948년)

내가 처음 유화를 시작할 무렵에는 그림을 그릴 때마다 이번 그림이 마지막이겠거니 하는 생각이 들어 크게 애착을 갖진 않았습니다. 그런데 머잖아 여기저기서 그림을 그려달라는 주문이 들어오기 시작했어요. "저 그림하고 똑같이 그려주세요!"라고들 말이에요. 그렇게 그림을 그리고 또 그리다 보니 어느덧 여기까지 오게 되었네요. 예전보다 그림이 나아진 것 같기도 하지만 어쩌면 더 좋은 붓과 물감을 사용해서 그런 것 같기도 합니다.

좋은 붓을 쓰는 게 도움이 많이 됩니다. 이제는 얇은 붓도 얼마든지 구할 수 있어요. 전쟁 때는 얇은 붓을 구할 수가 없어서 성냥으로 그리기도 했거든요. 요즘 쓰는 물감은 색깔도 아주 좋습니다. 색을 적절히 섞어 쓰는 법을 터득해서 그림을 더 잘 그릴 수 있게 되었지요.

나는 그림을 그리기 전에 액자를 사고 그 틀에 맞게 목판을 자릅니다. 나는 돼지를 사기 전에 돼지우리를 만들자는 주의거든요. 그런 다음 목판에 아마씨 기름을 바르고 흰색 무광 페인트를 세 겹 칠해서 칙칙한 나무색을 가려줍니다. 두 겹을 칠하면 거뭇거뭇 목판이 보이고 세 겹을 칠하면 두께감이 생기기 때문에 색칠할 때 물감을 많이 안 써도 되거든요. 튜

브 물감은 제법 값이 비싸서 아껴 써야 하지요. 이것 역시 스코틀랜드식 알뜰함이라고 해야 할까요. 이제 목판 위에 풍경을 그리면 되는데, 머릿속에 떠오르는 대로 자연의 풍경이라든가 낡은 다리, 꿈, 여름이나 겨울 풍경, 어린 시절의 추억 같은 것을 그립니다.

나는 언제나 보기 좋고 즐거운 풍경을 그립니다. 알록달록하고 북적북적한 게 좋아요. 목판이나 하드보드에 그림을 그리는 이유는 캔버스보다 훨씬 오래 가기 때문입니다. 액자를 구하기가 힘들 때도 더러 있어요. 액자가 예쁜데 상태가 좋지 않으면 내가 직접 망치와 못을 들고 수리를 합니다. 액자는 그림과 조화를 이루어야만 최고의 효과를 낼 수 있지요.

그림을 그릴 때 나는 풍경을 관찰하고 또 관찰합니다. 어떤 초록색을 써야할지 선뜻 결정할 수 없을 때가 많은 것이, 한 그루의 나무에도 서너 가지의 초록색이 들어 있는데, 이런 나무들이 백 그루 있다고 한번 생각해보세요. 나는 나무를 보면 가지가 먼저 눈에 들어오고 그다음엔 아주 짙고 어두운 초록색이 눈에 들어옵니다. 거기서부터 서서히 밝은 초록색을 만들어 갑니다. 나무 가장자리 부분은 황록색이나 백록색이에요. 실제로 나무색이 그렇답니다.

눈을 그리는 것도 재미있어요! 사람들은 날 보고 설경을 그릴 때 음영을 더 넣으라고도 하고, 파란색을 더 쓰라고도 하는데, 아무리 봐도 눈밭에서 파란 빛깔은 보이지 않더군요. 나무 그림자처럼 그림자가 조금 보이긴 하지만, 내 눈엔 파란색이 아니라 회색으로 보입니다. 난 분홍색을 참 좋아하는데, 분홍빛 하늘이야말로 더할 나위 없이 아름답습니다. 어린 시절 아버지의 물감으로 그림을 그릴 때에도 하늘은 붉게 칠할수록 더 아름답다고 생각했습니다.

헬러윈(1955년)

내가 본 최초의 라디오는 1920년 도로시와 휴가 크리스마스 선물로 받은 수제 광석수신기였습니다. 몇 년 전에는 직접 라디오에 출연하는 경험도 했어요. 뉴욕시에 있을 때 베시 비티를 만났는데 자기 라디오 방송에 출연해달라고 했어요. 썩 내키지는 않았지만 베시에게 도움이 되고 싶어 수락했습니다. 두 번째 출연은 1946년 4월 〈사람들〉이라는 프로그램이었지요. 사람을 둘이나 보내주면서 나에게 각별히 신경을 써주었습니다. 칼 슈츠만이라는 엔지니어는 휴대용 송신기를 가져와 방송을 이글 브리지로 연결시키기 위해 열심히 방송을 듣고 있더군요. 모지스 할머니를 뉴욕시와 연결하려고 트로이 전화국에서도 직원이 넷이나 나왔답니다.

그토록 많은 사람들이 애를 쓰고 돈을 들였는데 행여라도 방송이 잘못될까봐 관계자들이 조마조마했던 순간들도 있었을 거라 짐작이 됩니다. 방송 시간이 겨우 3분밖에 안 된다는 건 나중에야 알게 되었지요. 3분 동안 이야기를 해봐야 얼마나 할 수 있겠어요? 그래도 하는 수 없이 방송 내용을 3분으로 압축시켜야 했습니다.

진 헐리가 인터뷰를 참 친절하고 차분하게 진행하더군요. 인터뷰를 여러 차례 연습했는데 난 그쪽 방면으로는 영 재주가 없어요. 어쨌든 즐거운 시간을 보냈고, 다른 분들도 그랬으면 좋겠습니다.

어떤 종류의 그림들을 가장 좋아하냐는 첫 질문에는 이렇게 대답했습니다. "예쁜 그림들을 좋아합니다. 예쁘지 않다면 뭐 하러 그림을 그리겠어요? 그래서 뭘 그리면 예쁠지 열심히 생각해보고 그림을 그리지요. 옛날 풍경들을 그리는 걸 좋아해요. 오래된 건물, 다리, 여인숙, 옛날식 주택 같은 것들이요. 이제 얼마 남지도 않았고 빠르게 사라져 가고 있지요. 나는 항상 기억을 바탕으로 그림을 그리는데, 주로 나의 공상이라고 말할 수 있어요." 그다음엔 진 헐리가 유명해지니 기분이 어떤지, 내 그림으로 만든 크리스마스카드에 대해 어떻게 생각하는지 묻더군요. 나는 이렇게 대답했어요. "아, 유명세는 크게 신경 쓰지 않는 편이고요. 그보단 다음엔 어떤 그림을 그릴지만 생각합니다. 그리고 싶은 게 정말 많거든요. 크리스마스카드에 관해서는 딱히 할 말이 생각나지 않는데, 애리조나주에 사는 손녀딸이 나를 놀리더라고요. 빗자루가 아니라 붓 자루를 타고 전국을 날아다니는 마귀할멈이라고."

방송이 끝난 뒤 우리는 다과를 들었고 모두들 집으로 돌아갔습니다. 집이 얼마나 허전하던지.

Moses.

크리스마스의 나그네(1945년)

1949년 2월 10일. 위층 내 방에 있는데 도로시가 "안 돼! 안 돼!"라고 외치는 소리를 듣고 무슨 일인가 걱정을 했습니다. 계단을 내려가려는데 손주 마지가 올라오면서 나를 방으로 되돌려보내려 했습니다. 에드워드도 할머니 못 내려오시게 하라고 소리를 질렀어요. 나는 마지에게 무슨 일이냐고 물었습니다. "아빠가 돌아가셨어요." 마지가 말했습니다. 나는 곧장 내려가 도로시를 달랬습니다. 나도 감정이 북받쳐 올랐고 그런 게 겉으로 드러났는지 어쨌는지는 모르겠지만, 도로시에게 이렇게 말해주었습니다. "더 좋은 데로 간 거야. 이제 자기 아버지 곁에 있겠구나."

휴와 에드워드는 다른 남자 셋과 함께 그날 아침에 버몬트주 페루에 다녀왔습니다. 그들은 자동차 극장에서 장대를 주문받아 준비하던 중이었지요. 쇠사슬로 장대를 더 단단히 여미기 위해 에드워드가 한쪽으로 갔고 휴는 그 반대편으로 갔습니다. 에드워드가 손이 조금 더 빨랐는데, 어느 순간 자기가 던진 쇠사슬을 왜 아버지가 받지 않는지 궁금하더랍니다. 그래서 돌아가 보았더니 아버지가 여전히 담배를 문 채 바닥에 등을 대고 쓰러져 있더랍니다. 자기도 모르는 사이에 쓰러졌던 거지요.

휴는 건강에 아무 문제가 없었습니다. 그 며칠 전에도 의사가 다녀갔는데, 훗날 그가 말하기를, 휴가 그렇게 일찍 세상을 뜰 줄은 꿈에도 몰랐다고 하더군요. 제 아버지처럼 휴도 갑작스럽게, 원인도 모른 채 세상을 떠났지요.

그날 저녁인가 이튿날 아침인가, 휴는 병원에서 우리 품으로 돌아왔고 주위에서 꽃을 보내주기 시작했어요. 거실이 꽃으로 가득 찼답니다. 친구가 많은 아이였지요.

휴는 후식 폴스 공동묘지의 우리 가족묘에 잠들어 있습니다.

1949년 5월 12일. 나는 도로시와 함께 워싱턴으로 떠났습니다. 그곳에서 트루먼 대통령에게 상을 받기로 되어 있었지요.

올버니까지는 차로 이동했고 그다음엔 뉴욕시까지 갔습니다. 역에서 사람들이 나를 휠체어에 태워 택시가 있는 곳까지 바래다주었어요. 자존심 상하는 일이었지만 역에서 워낙 먼 거리라 내 힘으로 걸어가기에는 무리였습니다. 그래서 택시를 타고 리버사이드 드라이브로 갔고, 거기서 칼리에 부부와 함께 14일까지 머물렀습니다. 특별 차량에 탄 우리는 그날 오후 세 시쯤 워싱턴에 도착했고, 스타틀러 호텔로 안내받았어요. 그곳에서 여성내셔널프레스클럽과 만찬이 있었고 대통령이 내게 상을 수여하셨습니다.

이튿날인 5월 15일 일요일에는 트루먼 여사가 우리를 블레어하우스로 초대해 차를 대접해주었습니다. 차를 다 마셔갈 무렵 요란하게 천둥 번개가 치는 바람에 모두들 소파에 앉아 비가 그치길 기다렸어요. 옆에 앉은 트루먼 대통령이 내게 "이 건물은 워낙 커서 피뢰침이 많으니 겁먹지 마세요"라고 하더군요. 이 할머니가 겁먹을까봐 걱정이 되었나 봅니다. 대통령과 이야기를 나누어보니 꼭 내 아들 같더군요. 나는 피아노 한 곡을 연주해달라고 부탁했습니다. 그래서 대통령이 피아노를 연주해주었는데, 참 듣기 좋았습니다.

소나기가 그치자 대통령이 전용차로 우리를 스타틀러 호텔까지 태워주도록 지시하였는데 참 영광스러운 일이었지요.

다음날 마운트 버넌을 방문한 후 집으로 향했습니다. 집에 다다르니 온 동네 사람들이 나와 우리를 환영해주었습니다. 이글 브리지에 그렇게 많은 사람이 모인 건 처음 보았어요. 나로선 상상도 못 했던 일이었지요. 다들 알고 있었지만 나만 몰랐던 거였어요. 아이들이 노래를 부르며 나에게 수많은 꽃들을 안겨주었습니다. "사람들이 한 말씀 해주시길 기다리고 있어요." 앨리스가 말하더군요. "한 말씀은 무슨! 오늘 밤 연설은 안 하련다." 내가 말했습니다. 하지만 감사의 인사는 하지 않을 수가 없었지요. 모두가 내 주위에 빙 둘러 서 있었으니까요. 후식 폴스 고등학교 밴드가 연주를 하고 있었고 사람들의 호위를 받으며 집에 도착하니 푸짐한 저녁 만찬이 준비되어 있었습니다.

마침내 집으로 돌아와 잠자리에 드니 안도감이 밀려들었습니다.

그 시절(1957년)

내가 만약 그림을 안 그렸다면 아마 닭을 키웠을 거예요. 지금도 닭은 키울 수 있습니다. 나는 절대로 흔들의자에 가만히 앉아 누군가 날 도와주겠거니 기다리고 있진 못해요. 주위 사람들에게도 여러 번 말했지만, 남에게 도움을 받느니 차라리 도시 한 귀퉁이에 방을 하나 구해서 팬케이크라도 구워 팔겠어요. 오직 팬케이크와 시럽뿐이겠지만요. 간단한 아침 식사처럼 말이에요. 그림을 그려서 그렇게 큰돈을 벌게 되리라고는 꿈에도 생각지 못했어요. 늘그막에 찾아온 유명세나 언론의 관심에 신경 쓰기에는 나는 나이가 너무 많아요.

오래전 아침 식탁에서 아버지가 들려준 꿈 이야기가 떠오릅니다. "애나 메리야, 내가 어젯밤에 네 꿈을 꾸었단다." 아버지가 말했습니다. "좋은 꿈이었어요, 나쁜 꿈이었어요?" 내가 물었지요. "그야 어떤 미래가 펼쳐지냐에 따라 달라지겠지. 꿈은 우리의 앞날에 그림자를 드리운단다." 아버지의 꿈에, 내가 널찍한 홀에 있고 수많은 사람들이 박수를 치고 환호성을 보내더랍니다. 아버지는 이게 무슨 일인가 싶었대요. "그런데 돌아보니 애나 메리 네가 남자들의 어깨를 밟으면서 내 쪽으로 걸어오는 게 아니겠니? 내게 손을 흔들면서 남자들 어깨를 번갈아 밟으면서 다가

왔어." 언론에서 많은 관심을 받은 이후 요 몇 년 사이 그 꿈 생각이 자주 납니다. 엄마가 했던 말도 생각이 납니다. "러셀, 남자들 어깨 밟고 걸어 다니는 애나 메리가 그렇게 근사해 보이던가요?" 어머니는 꿈이란 게 얼마나 허망한 건지 알고 있었지요. 아니면, 정말 그 꿈이 나의 앞날에 그림자를 드리웠던 걸까요? 세계 거의 모든 나라에서 수많은 격려의 편지를 받을 때면, 그런 생각이 듭니다.

지금까지 내가 살아온 이야기를 진솔하게 들려드렸습니다. 이 나이가 되니 세월이 어떻게 갔는지 모르겠네요. 차라리 열여섯 살 때가 내 나이를 가장 실감했던 것 같아요. 화이트사이드 부부를 떠날 무렵 나는 성숙했고 평온했거든요. 어떻게 보면 난 늘 그렇게 살아왔던 것 같습니다. 지금도 나는 내가 늙었다는 기분이 전혀 들지 않아요. 손주 열한 명과 증손주 열일곱 명을 둔 할미이지만요. 참 많이도 두었네요!

세상이 변하고 또 변하고 있는데 앞으로도 더 많이 변할 수 있을까요? 지금보다 더 발전한 세상을 여러분들은 상상할 수 있으신지요? 나의 아버지가 화덕을 좋아하셨듯이 나도 철제 난로를 좋아했고, 지금은 그것들이 가스와 전기 레인지로 바뀌었지요. 젊은 세대가 나이를 먹고 앞으로 100년이 더 흐르면, 후대인들의 눈에는 우리가 원시인으로 보여도 전혀 놀랄 일이 아닙니다.

그럼에도 불구하고 나는 우리가 정말 발전하고 있는지 때로는 의문이 듭니다. 내가 어렸을 때는 세상이 달랐어요. 지금보다는 여러모로 더 느린 삶이었지만 그래도 행복하고 좋은 시절이었지요. 사람들은 저마다 삶을 더 즐겼고, 더 행복해했어요. 요즘엔 다들 행복할 시간이 없는 것 같습니다. 하지만 이런 어려운 질문에 맞닥뜨리면 너무 많이 생각하지 말고 그냥 덮어버리는 게 상책입니다. 내가 은 골무를 얻으려고 성경을 읽었을 때 그랬던 것처럼 말이지요!

내 삶의 스케치를 매일 조금씩 그려보았습니다. 어린 시절부터 돌아보며 그저 생각나는 대로, 좋은 일, 나쁜 일 모두 썼어요. 살다 보면 좋은 일도 있고 나쁜 일도 있지요. 다 우리가 겪어내야 하는 일들입니다.

나의 삶을 돌아보니 하루 일과를 돌아본 것 같은 기분입니다. 오늘 하루도 무사히 잘 마쳤고 내가 이룬 것에 만족합니다. 나는 행복했고, 만족했으며, 이보다 더 좋은 삶을 알지 못합니다.

삶이 내게 준 것들로 나는 최고의 삶을 만들었어요. 결국 삶이란 우리 스스로 만드는 것이니까요.

언제나 그래왔고, 또 언제까지나 그럴 겁니다.

메리와 어린 양(1947년)

이 나이가 되니 세월이 어떻게 갔는지 모르겠네요.

차라리 열여섯 살 때가 내 나이를 가장 실감했던 것 같아요.

어떻게 보면 난 늘 그렇게 살아왔던 것 같습니다.

불행한 세상에 사는 평범한 우리들에게

모지스 할머니의 이야기는 아쉽게도 여기까지지만, 그 이후의 이야기도 흥미롭습니다. 76세에 붓을 든 그녀가 그림을 그린 지 5년 만에 단독 전시로 데뷔하자, 언론들은 앞치마를 두른 채 시골 농장에서 정겨운 그림을 그리는 할머니에 열광했습니다. 라디오와 텔레비전 방송 출연부터 시작해, 당시 여성으로서는 드물게 〈타임〉 지 커버를 장식하고 다큐멘터리도 제작되었지요. 그녀의 재치 있는 입담도 인기에 한몫했습니다. 장수 비결에 대한 질문에는 "나잇값을 안 하면 된다"고 답하는가 하면 "요즘은 100살까지 안 살면 명함도 못 내미니 꼭 100살까지 살 거다" 하며 농을 치는 이 유쾌한 할머니가 사랑받는 건 그리 놀라운 일이 아닐지도 모릅니다. 그녀는 금세 즐겁고 활기찬 노후의 아이콘으로 떠올랐고, 급기야 그림 그리기가 노년층에게 적극적으로 권장되기까지 했습니다. 1952년, 92세의 나이로 출간한 이 책《GRANDMA MOSES : My Life's History》는 베스트셀러가 되기도 했는데, 그녀의 그림은 여기서 그치지 않았습니다. 미국 가정의 커튼이며 그릇이며 온갖 생활용품에 녹아들었고, 아기자기한 겨울 풍경이 그려진 크리스마스 카드는 1억여 장이나 팔려나갔습니다. 〈독립기념일〉이라는 작품은 지금까지도 백악관에 걸려있지요. 그야말로 1940~1950년대 미국을 휩쓴 하나의 상업적, 문화적 현상이었습니다.

그러나 아이러니하게도 대중적인 인기가 높아질수록 미국 화단과 평단에서는 그녀를 외면했습니다. 유명해지기 전에는 호의적이었던 평론가들도 작품의 상업화에 거부감을 드러내며 등을 돌렸지요. 모지스 할머니의 작품이 미국을 대표하는 미술로 홍보된 탓에 화단이 내세운 추상표현주의가 뒤로 밀려났다는 불만도 컸습니다. 결국 그녀의 작품은 미국 대다수의 일류 미술관에서 전시되지 못한 채 'B급'으로 분류되었습니다. 동시대 미술계에서는 인정받지 못했지만, 민속미술이 부흥한 1970년대에 이르러서 재조명되기 시작했습니다.

하지만 정작 모지스 할머니 본인은 세간에서 자신을 어떻게 평한들 크게 관심이 없었던 것 같습니다. 한시도 손을 놀리지 못해 그저 자기가 해야 할 일, 하고 싶은 일을 했을 뿐이지요. 일주일에 73kg씩 손수 버터를 만들어 시장에 내다 팔았듯, 살던 동네는 물론 인근 고급 리조트까지 물건을 댈 정도로 대량의 감자 칩을 튀겨냈듯 말입니다. (그림을 안 그렸다면 닭을 키웠을 거라고 한 대목이 새삼 떠오르네요.) 모지스 할머니는 그 바지런한 손으로 무려 1,600여 점의 그림을 그렸습니다.

"아득한 미지의 세계로 날 잡아끄는 걸 그리기 좋아해요. 저 멀리까지 내다볼 수 있는 그런 거요."

그래서인지 그녀는 원근법을 무시하고 전경은 물론 배경까지 디테일하게 그려냈습니다. 이런 화풍 때문에 할머니의 그림은 네모난 조각들을 이어붙인 퀼트에 비유되기도 하지요. 색을 쓰는 방법은 자수를 닮았고요. 물감을 섞어 쓰지 않고, 마치 여러 색의 털실을 나란히 수놓는 것처럼 여러 물감을 나란히 칠합니다. 창밖 풍경을 관찰하고 또 관찰해 그림을 그린다는 그녀는 계절별로, 시간별로 바뀌는 자연의 색감을 종이로 생생하게 옮겨내지요.

그녀의 그림에 꼭 빠지지 않는 것이 있습니다. 바로 자연과 사람 사는 이야기입니다. 〈시럽 만들기〉에는 눈이 소복이 쌓인 숲에서 단풍나무 수액을 받던 어린 시절 추억이, 〈오래된 오크 양동이〉에는 그 시절 유행한 노랫말과 마을 전설이, 〈추수〉에는 노동과 놀이가 얽섞인 뉴잉글랜드 농민들의 풍습이, 〈베닝턴 전투〉에는 조상들이 참전한 미국 독립전쟁의 역사가 살아 숨 쉽니다. 책 첫머리에 나오듯, 추억은 화가입니다. 그녀의 그림은 장장 100년이 넘는 시간 동안 축적된 한 개인의 역사뿐만 아니라 지역사회, 나아가 미국의 이야기를 오롯이 기억하고 있습니다.

그녀의 그림은 미국인들에게 전통과 뿌리를 환기시켰고, 소박하고 단순한 삶에 대한 강렬한 향수를 불러일으켰습니다. 하지만 20세기 미국인들뿐만 아니라 어느 곳, 어느 시대의 사람들도 그녀의 그림을 보면 같은 감동을 받을 수 있을 것입니다. 실제로 모지스 할머니의 작품은 프랑스, 독일, 러시아, 오스트리아, 노르

웨이 등 유럽 곳곳에서 전시되었고, 일본에서는 1980년대부터 꾸준히 전시가 열리고 있습니다. 이토록 오랫동안 울림을 주는 모지스 할머니 그림의 힘은 어디에서 비롯된 것일까요. 어느 기사의 표현을 빌려봅니다.

"불행한 세상에 살고 있는 평범한 사람들에게 가장 깊게 와 닿을 것이다. 할머니의 그림을 보고 있는 몇 분 동안만이라도 행복한 세상에 대한 그녀의 기억을 만끽할 수 있으므로."

이야기가 길어졌습니다. 처음부터 끝까지 이 책의 번역을 살펴봐주신 이진 선생님 덕분에 투박한 번역이 매끄러운 글로 거듭날 수 있었습니다. 이진 선생님께 특별히 감사드립니다. 그리고 책의 큰 그림을 정성스럽게 그려주신 수오서재 편집자분들께, 오래된 모지스 할머니의 팬으로서 어렸을 적부터 제게도 비슷한 취향을 물려주신 엄마에게 감사드립니다. 마지막으로 번역 과정이 노동이 아닌 휴식이 될 수 있게 해준 모지스 할머니, 그녀에게 가장 큰 감사 인사를 올리며 마칩니다.

류승경

그림 목록

p.62

썰매 타기
Sleigh Ride 1957년
나무에 유채, 40.7x60.9cm

p.66

시럽 만들기
Sugaring Off 1943년
나무에 유채, 58.3x68.5cm

p.71

화이트사이드 교회
The Whiteside Church 1945년
나무에 유채, 24.8x43.2cm

p.75

벌목
Logging 1957년
나무에 유채, 40.3x60.9cm

p.76

호박
Pumpkins 1959년
나무에 유채, 40.7x60.9cm

p.78

1760년 겨울의 오래된 오크 물동이
The Old Oaken Bucket of 1760 in Winter 1944년
나무에 유채, 61x86.4cm

p.82

애나 메리 로버트슨의 어릴 적 집
The Childhood Home of Anna Mary Robertson Moses 1942년
나무에 유채, 35.6x71.1cm

p.90

마을 축제
Country Fair 1950년
캔버스에 유채 88.9x114.3cm

p.94

방문객들
Callers 1959년
나무에 유채, 40.7x60.9cm

p.98

크리스마스
Christmas 1958년
나무에 유채, 40.9x51.1cm

p.100

내 고향의 언덕
My Hills of Home 1941년
나무에 유채, 45.1x91.4cm

p.107

가을이므로
For This Is the Fall of the Year 1947년
나무에 유채, 40.7x55.3cm

p.118

셰넌도어 밸리, 남쪽 지류
Shenandoah Valley, South Branch 1938년경
유포(油布)에 유채, 50.2x35.5cm

p.124

농장에서의 이삿날
Moving Day on the Farm 1951년
나무에 유채, 43.2x55.9cm

p.132

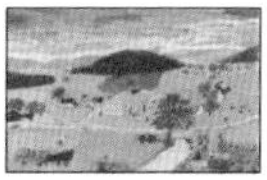

1800년 히즈키야 킹의 집
Home of Hezekiah King in 1800 1943년
나무에 유채, 58.4x71.1cm

p.**134**

크리스마스 트리 찾아나서기
Out for Christmas Trees 1946년
나무에 유채, 66.1x91.5cm

p.**139**

건초 만들기
Haying Time 1945년
나무에 유채, 60.9x76.2cm

p.**142**

사과 버터 만들기
Apple Butter Making 1947년
나무에 유채, 48.9x59.1cm

p.**144**

칠면조
Turkey 1958년
나무에 유채, 40.7x60.9cm

p.**149**

호수
The Lake 1957년
나무에 유채, 39.7x59.5cm

p.**152**

마녀들
Witches 1960년
나무에 유채, 40.7x60.9cm

p.**156**

옛날 자동차
The Old Automobile 1944년
나무에 유채, 47.7x54.7cm

p.**159**

자작나무
White Birches 1961년
나무에 유채, 40.7x60.9cm

p.**161**

1861년 셰넌도어 밸리(전투 소식)
Shenandoah Valley, 1861(News of the Battle)
1938년경
유포(油布)에 유채, 52x41.3cm

p.**168**

여름의 마운트 네보
Mt. Nebo in Summer 1943년
나무에 유채, 50.8x66cm

p.**170**

산타가 굴뚝 타고 내려가네
Down the Chimney He Goes 1960년
나무에 유채, 40.7x60.3cm

p.**176**

추수철
In Harvest Time 1945년
나무에 유채, 45.7x71.1cm

p.**183**

썰매를 꺼내자
Get Out the Sleigh 1960년
나무에 유채, 40.7x60.9cm

p.**186**

후식 폴스 II
Hoosick Falls II 1944년
나무에 유채, 51x65.7cm

p.**191**

5월: 비누 만들기, 양 떼 씻기기
May: Making Soap, Washing Sheep 1945년
나무에 유채, 43.1x60.9cm

p.194

12월
December 1943년
나무에 유채, 47x55.2cm

p.197

산타 할아버지 기다리기
Waiting for Santa Claus 1960년
나무에 유채, 30.5x40.7cm

p.200

열기구
Balloon 1957년
나무에 유채, 40x60.9cm

p.203

우리는 쉰다
We Are Resting 1951년
나무에 유채, 60.9x76.2cm

p.212

포러스트 모지스의 집
Forrest Moses' Home 1952년
나무에 유채, 30.3x40.7cm

p.215

내년까지 안녕
So Long 'Til Next Year 1960년
나무에 유채, 40.6x60.9cm

p.219

헛간 지붕 고치기
Barn Roofing 1951년
나무에 유채, 45.6x61cm

p.220

베닝턴
Bennington 1945년
나무에 유채, 43.1x63.5cm

p.224

빨래 걷기
Taking in Laundry 1951년
나무에 유채, 43.18x55.2cm

p.226

오래된 물동이
The Old Bucket 1960년
나무에 유채, 40.4x60.9cm

p.229

벽난로 덮개
Fireboard 1918년
나무에 유채, 82x98.4cm

p.234

파란 옷의 남자아이
Little Boy Blue 1947년
나무에 유채, 50.8x58.4cm

p.239

케임브리지 밸리
Cambridge Valley 1942년
나무에 유채, 59.6x68.9cm

p.242

지붕 덮인 다리, 1818년
The Covered Bridge, 1818 1940년경
천에 털실로 자수, 19x24.1cm

p.248

모지스 할머니, 대도시로 가다
Grandma Moses Going to Big City 1946년
캔버스에 유채 91.4x121.9cm

p.251

오래된 오크 물동이
The Old Oaken Bucket 1943년
나무에 유채. 60.9x76.2cm

p.252

옛 체크무늬 집
The Old Checkered House 1944년
나무에 유채. 60.7x109.4cm

p.257

아름다운 세상
A Beautiful World 1948년
나무에 유채. 50.8x60.9cm

p.261

핼러윈
Halloween 1955년
나무에 유채. 45.7x60.9cm

p.264

크리스마스의 나그네
('추수감사절의 나그네'라고도 알려져 있음)
A Tramp on Christmas Day(also known as A Tramp on Thanksgiving day) 1945년
나무에 유채. 40.6x50.5cm

p.270

그 시절
Old Times 1957년
나무에 유채. 40.7x60.9cm

p.276

메리와 어린 양
Mary and Little Lamb 1947년
나무에 유채. 60.9x86.4cm

GRANDMA
MOSES